KB009274

DREAMBOOKS★

DREAMBOOKS★

DREAMBOOKS★

완전기억자

강형욱 현대판타지 장편소설

MODERN FANTASY STORY & ADVENTURE

3

dream
books
드림북스

완전기억자 3

초판 1쇄 인쇄 / 2014년 12월 23일
초판 1쇄 발행 / 2014년 12월 30일

지은이 / 강형욱

발행인 / 오영배
책임편집 / 편집부
펴낸 곳 / (주)삼양출판사 · 드림북스

주소 / 서울특별시 강북구 솔샘로67길 92
대표 전화 / 02-980-2112 팩스 / 02-983-0660
편집부 전화 / 02-980-2116 팩스 / 02-983-8201
블로그 / blog.naver.com/dreambookss

등록번호 / 제9-00046호
등록일자 / 1999년 3월 11일

ⓒ 강형욱, 2014

값 8,000원

(주)삼양출판사 · 드림북스의 서면 허락 없이는 어떠한
형태나 수단으로도 이 책의 내용을 이용하지 못합니다.

ISBN 979-11-313-0188-3 (04810) / 979-11-313-0185-2 (세트)

* 지은이와 협의하에 인지는 생략합니다.
* 잘못된 책은 구입한 곳에서 바꾸어 드립니다.

이 도서의 국립중앙도서관 출판시도서목록(CIP)은 서지정보유통지원시스템홈페이지
(http://seoji.nl.go.kr)와 국가자료공동목록시스템(http://www.nl.go.kr/kolisnet)에서
이용하실 수 있습니다. (CIP제어번호: 2014037403)

완전기억자

강형욱 현대판타지 장편소설

MODERN FANTASY STORY & ADVENTURE

3

dream
books
드림북스

목차

Chapter. 01

건형은 서두르려 하지 않았다. 지금 당장 일어난 일이 아니다. 언젠가 벌어질 일이다.

그전에 그것을 막으면 된다. 아니면 그 후에 막아도 되고.

선택은 건형의 몫이다.

일단 건형은 냉정을 유지했다. 그리고 그는 지혁에게 물었다.

"앞으로 어떻게 하는 편이 좋죠?"

[가장 좋은 건 ANK 엔터테인먼트 주식을 사들이는 거지. 그런 다음 네가 대주주가 되면 거기서 끝. 가장 지저분한 건

무력행사인데. 이건 쉽지 않아. 대부분 조직폭력배하고 연관
이 되어 있거든. 무엇보다 범법 행위이기도 하고. 웬만하면
범법 행위는 안 하는 편이 나으니까.]

"주식이라⋯⋯."

[그래, 그 방법이 수월하지만 들어가는 돈이 만만치 않을
거야. 설령 ANK 엔터테인먼트를 인수하는데 성공한다고 쳐
도 그 후 그 회사를 어떻게 운영할지가 가장 큰 문제고.]

그때, 건형의 머릿속을 스치고 지나가는 생각이 있었다.

자신은 다른 사람의 잠재력을 일깨워 줄 수 있는 능력이
있다.

자신이 가지고 있는 그 능력이라면 ANK 엔터테인먼트를
국내 최고의 엔터테인먼트로 만드는 건 어렵지 않은 일이 될
터.

그렇지만 그것을 하기 위해서는 일단 막대한 돈을 가지고
있어야 했다.

당초 건형이 가지고 있던 돈은 1억 남짓이었다. 어머니와
여동생이 지금 살고 있는 집을 사고 자신의 오피스텔과 차를
마련하고 남은 돈이다.

5억을 제외한 17억의 상금 같은 경우 12개월 동안 분납되
어 들어온다고 했으니 한 달에 그가 고정적으로 가용할 수

있는 현금은 1.5억 남짓.

이 정도면 주식 밑천으로는 절대 부족한 금액이 아니었다.

아니, 개미 투자자들을 보면 오히려 많은 액수라고 할 수 있었다.

게다가 건형에게는 완전기억능력이 있었다.

이 능력이라면 영화에서나 볼 법한 그런 일을 충분히 만들어 낼 수 있었다.

실제로 또, 그는 그렇게 하고 있었다.

얼마 전 고등학교 동창들과 만났을 때 주식과 관련 있는 이야기를 나눈 뒤 건형은 틈틈이 투자 액수를 늘려 가면서 월스트리트에 투자를 하는 중이었다.

다른 사람들에게는 알리지 않았지만 그렇게 투자를 한 건형은 점점 더 액수를 불려 가면서 월스트리트에서도 주목하고 있는 신흥 펀드매니저가 되어 있었다.

그것에는 완전기억능력이 톡톡히 제 역할을 다 했다.

그밖에도 그가 원하기만 한다면 여러 회사의 네트워크망을 뚫고 그 회사의 기밀 정보를 훔쳐내는 것도 가능했다.

설령 그렇게 하지 않는다고 해도 수많은 데이터를 기반으로 남들보다 훨씬 더 앞장서서 나가는 게 가능했다.

건형이 여러 방법을 생각해 보고 있을 때였다.

지혁이 ANK 엔터테인먼트 주식에 관한 정보를 보내 왔다.

현재 ANK 엔터테인먼트는 총 90억 원 규모의 중소 엔터테인먼트로 ANK 엔터테인먼트의 대표 겸 사장 이종수가 60억 원, 소프트코리아의 투자 전문 자회사인 소프트벤처스가 15억 원, 소프트조합이 5억 원, EMX가 10억 원을 투자한 것으로 나와 있었다.

꽤 유망한 신인 그룹을 키워 내는 곳으로 처음에만 해도 기대주로 주목받았으나 이렇다 할 아이돌을 배출하지 못하면서 지금은 주가가 상당히 하락한 상태였다.

ANK의 최대주주는 이종수로 현재 그는 36%의 지분을 보유하고 있었다.

[일단 한번 얼굴 좀 보자. 지금 시간 돼?]

"예, 바로 갈게요."

건형은 전화를 끊고 곧장 집 앞에서 택시를 잡아타고 지혁 집으로 향했다.

서울 근교에 자리한 지혁 집에 도착한 건형은 부리나케 별장 안으로 발걸음을 옮겼다.

지혁이 그런 건형을 반갑게 맞이했다.

"어서 와라. 안으로 들어가자."

지혁 뒤를 따라 건형은 별장 지하에 자리한 아지트로 향했다.

아지트 안에는 여러 대의 컴퓨터들이 빠른 속도로 작업을 처리하고 있었다.

그리고 정중앙의 모니터에는 지혁이 실시간으로 검색중인 정보가 띄워져 있었다.

"자자, 와서 봐라."

지혁이 우선 스타플러스 엔터테인먼트에 관한 정보를 모니터에 띄웠다.

스타플러스의 주식 상황, 주주들 목록, 주의 깊게 봐야 할 대주주들이 차례차례 떴다.

그 이후 올라오기 시작한 건 실질적인 스타플러스 엔터테인먼트의 실무진들이었다. 그리고 지혁이 그중 한 사람을 가리켰다.

"이놈이 악질이다. 진짜 인간 말종이나 다름없다고 하더라고."

건형은 사진을 조금 더 확대했다. 날렵한 체구에 꽤 잘생긴 남자가 눈에 들어왔다. 옆에는 이력이 덕지덕지 붙어 있었다.

"박광호? 기획팀 팀장? 이 사람이 스타플러스를 실질적으로 이끌고 있는 거나 다름없네요."

"그렇지. 그리고 이건 이 개잡놈하고 같이 엮여 있는 사람들."

옆으로 사람들 이름이 주르륵 올라왔다.

개중에는 전·현직 국회의원, 언론사 고위간부, 그룹 고위간부 등 권력자들이 부지기수로 있었다.

"피해자들은 얼마나 돼요?"

"연예인으로 데뷔하지 못한 애들도 많고 데뷔한 애들도 많지. 데뷔한 이후에도 지속적으로 당하고 있는 애들도 많고. 장난 아니야. 특히 박광호 이놈 밑에 있는 애들 중 구 할 이상은 성접대를 강제로 당했다고 봐야 돼."

그 말과 함께 피해자들 사진이 모니터에 곧장 올라왔다.

대부분 아리따운 이십 대 초반의 여자애들이었다.

몇몇은 십 대 후반으로 보였다.

"설마 이 새끼들, 미성년자도 건든 거예요?"

"요새 애들 연예인하고 싶어서 십 대 때부터 이 바닥 문 두드리는 거 몰라? 걔네들한테 법은 무의미해. 어차피 음지에서 이루어지는 일인데 무슨 상관이겠어."

피해자들 사진이 속속 모니터에 표시되기 시작했다.

이들 중 대부분은 연예인으로 데뷔도 하지 못하고 온갖

수모만 겪은 채 연예인의 길을 접었을 것이다. 울분이 치솟았다. 이렇게 함부로 쉽게 남의 꿈을 짓밟다니.

이번에는 그들이 피해를 입었던 당시의 사진이 화면에 표시됐다.

얼굴에 온통 멍이 들어 있었다.

"왜 저렇게 된 거예요? 설마 박광호 그 사람이 그런 거예요?"

"아니야. 그 박광호라는 놈이 접대한 새끼가 그렇게 한 거야. 몇몇은 가학적인 취미가 있다고 하더라고. 성관계 도중 학대하고 때리고…… 정말 안 좋은 일에 휘말린 거지."

사진 말고도 동영상 파일도 몇 개 있었다.

그 동영상 파일 대부분 접대를 받은 상대방 남자가 찍은 것으로 보였다.

"이런 것들 중에서 일부가 유출되는 거겠죠?"

"그렇지. 어쩌다가 실수로 유출되는 경우도 있긴 하지만 일부러 퍼트리는 경우도 있어. 톱스타가 돼서 이제는 고분고분하지 않다고 일부러 망신 주는 거지."

"정말 말이 안 나올 정도네요."

"이건 일부일 뿐이야."

정말 악질들이다.

생각 같아서는 지금 다 확 휩쓸어 버리고 싶을 정도였다.

특히 박광호 실장이라는 작자하고 그 아랫사람인 윤정후 대리, 이 두 명이 요주의 인물인 것 같았다.

만약 지현이를 비롯한 플뢰르 멤버들이 이놈들 손아귀에 들어간다면?

그 즉시 무슨 일이 터질 수도 있다고 봐야 하는 것이다.

아마 그 무슨 일은 성접대와 관련 있는 일이 될 가능성이 다분했고.

"성접대만 문제가 아니야. 어떤 애 엄마가 경찰에 신고한 거에 따르면 성폭행도 있었어. 박광호는 한사코 아니라고 했고 증거불충분으로 무혐의 처리되었는데 뒤에서 봐줬을 공산이 크지."

"후우, 쓰레기들이군요."

"그래, 봐줘서는 안 될 작자들이지. 그러니까 서둘러서 ANK 엔터테인먼트 주식을 확보해야 할 필요가 있어. 일단 이종수 사장도 스타플러스에 경영권을 넘기는 건 꺼리고 있는 상황이니까. 스타플러스에서도 적대적 M&A를 하면서까지 ANK 엔터테인먼트를 집어삼키기엔 부담이 클 거야."

"그렇겠네요. 일단 이 두 명은 각별히 조심해 둬야겠네요."

"응, 그래야지."

"그밖에 다른 피해자들은 어떻게 하죠?"

"모아 둔 정보는 제법 되긴 되는데 피해자들이 나서려고 할지가 의문이라. 아무래도 박광호 뒤가 워낙 든든하다 보니 섣부르게 나서지 못할 거야. 괜히 잘못했다가 연예계에서 매장당할 수도 있고."

"그렇겠죠?"

"그런데 건형아, 너 이거 하나는 명심해라. 지현이 걱정해서 이렇게 나서는 거 좋다. 그런데 박광호 건드리면 그 뒤에 있는 사람들도 한번에 건드리는 거야. 무슨 말인지 알지?"

건형이 고개를 끄덕였다.

그가 모를 리가 없다.

박광호를 건드린다는 것은 그 뒤에 숨어 있는 정·재계의 실력자들을 건드린다는 의미가 된다.

그들이 자신을 알아차리게 될 테고 그것은 언젠가 부메랑이 되어 돌아올 것이다.

골치 아픈 일이 생길 수밖에 없을 터.

지혁이 우려하는 것이 바로 그것이다.

"그것을 다 감수하는 한이 있어도 그렇게 할 생각이냐?"

"박광호를 건드리지 않고 지현이만 조용히 빼내는 건 어렵겠죠?"

"어렵지. 박광호는 연예계 큰손이야. 지현이가 계속 가수를 하고 싶어 한다면 어찌 됐든 연예계에서 부딪칠 수밖에 없어. 그리고 ANK 엔터테인먼트는 중소 기획사고 스타플러스는 공룡이지. 스타플러스에서 당연히 지현이를 탐낼 수밖에 없을 거야."

원래 지현이는 플뢰르라는 진흙 속에 묻혀 있던 진주였다.

그런데 지난번 고아원에서 노래를 부르게 된 일로 일약 스타덤에 올랐다.

특히 그녀의 가창력, 그리고 사람을 끌어당기는 그 마성의 매력이 사람들에게 어필되고 있는 중이다.

조만간 지현은 솔로로 데뷔해도 충분히 성공할 수 있으리라.

그렇지만 사람들의 입방아에 오르락내리락한다는 것은 그만큼 주목을 많이 받게 됐다는 이야기고 그것인즉슨 그 보물을 탐내할 사람이 많아졌다는 의미가 된다.

박광호는 그 보물을 탐내하는 사람 중 한 명이다.

"실제로 지난번 박광호가 이종수 사장을 몇 차례 만나고 간 적이 있었어."

"그래요?"

"적대적 M&A를 하기보다는 적당한 자리 하나 줘서 인수합병하려는 게 아닌가 싶다. 아직 확실한 건 아닌데 그럴 가능성도 다분히 있다는 거지."

"어떻게 하는 게 좋을까요?"

"일단 가장 좋은 방법은 ANK 엔터테인먼트 주식을 네가 사들여서 주주회의를 소집한 다음 대표 자리를 빼앗는 거. 그것을 제외하면 그다음 방법으로는 지현이 계약을 파기하면 되겠지. 물론 위약금을 물어야 하겠지만."

"둘 다 어렵다면요?"

"그러면 박광호를 쥐고 흔들 수 있는 카드를 갖고 있어야겠지. 그렇지만 그건 위험 부담이 클 거야."

"뒤에서 그를 봐주는 사람들 때문이겠죠?"

"그래. 박광호 그 자식 감방에 집어넣는 건 크게 어렵지 않아. 증거도 어느 정도 가지고 있으니까. 문제는 그다음이지. 박광호는 감방에서 몇 년 살고 나오면 그만이야."

"문제는 그들이 알아차리겠군요."

"그래, 개중에는 형님을 죽인 놈들이 섞여 있을 거야. 그리고 각별히 경계를 하려 들 테고. 그것은 우리에게는 여러모로 위험 부담이 될 가능성이 높겠지."

"알았어요. 조금 더 생각해 봐야겠어요. 그렇지만 위급해지면 앞뒤 안 가리고 움직일 거예요. 지현이는 제게 정말 소중하니까요."

"누군가를 지키기 위해 움직이는 것도 나쁘진 않지. 그렇지만 항상 몸조심해라. 네 몸은 더 이상 너만의 것이 아니야. 형님이 못다 이룬 걸 네가 마무리 지어야지. 안 그래?"

"물론이죠."

그때였다.

휴대폰이 울렸다.

액정을 확인해 보니 헨리 잭슨 교수였다.

지금 시각은 오후 2시 무렵, 뉴욕으로 치면 대략 새벽 2시 무렵일 터였다. 이 시간에 헨리 잭슨 교수가 전화를 했다는 건 무언가 중요한 일이 터졌다는 이야기였다.

건형은 양해를 구하고 전화를 받았다.

헨리 잭슨이 다급한 목소리로 입을 열었다.

[오, 미스터 팍. 그동안 잘 지냈습니까?]

"저야 잘 지내고 있죠. 그보다 이 시간에 무슨 일이십니까?"

[하하, 사정이 그럴 수밖에 없었습니다. 미스터 팍의 도움이 필요합니다.]

"제 도움요?"

건형이 눈을 휘둥그레 떴다. 그가 자신의 도움을 바랄 만한 건 하나 뿐이다. 논문 쓰는 걸 도와 달라고 할 게 분명했다.

그렇지만 지금 당장 여유가 없었다. 지혁의 수련을 받아야 하고 거기에 ANK 엔터테인먼트의 일도 해결해야 했다.

그러기 위해서는 돈도 충분히 벌어 둘 필요성이 있었다. 그런 이유로 시간이 부족한 상황에 헨리 잭슨의 청을 받아들이기 조금 어려운 형편이었다.

그래도 일단 이야기는 들어 봐야 할 것 같았다.

"일단 말씀해 보시죠. 들어보겠습니다."

[사실은 제가 지금 논문을 하나 쓰고 있습니다. 그런데 이 논문이 워낙 어려워서 말이죠. 수학계, 나아가서는 전세계에 획기적인 이정표를 제시할 수 있는 그런 논문인데 여러모로 힘든 상황입니다.]

그는 잠시 숨을 고른 뒤 마저 말을 이었다.

[그래서 마이클이나 제인도 도와주고 있는데 여러모로 부족한 점이 많더군요. 동료 학자들한테도 여럿 부탁을 해봤지만 다들 고개를 설레설레 저을 뿐이고. 이 상황에 저한테 도움을 줄 수 있는 건 미스터 팍 뿐입니다. 도와주지 않겠습니까?]

건형은 곰곰이 생각에 잠겼다.

솔직히 말해서 그가 도와줘야 할 의무는 없었다.

그렇지만 헨리 잭슨은 학회에 자신을 초대했고 그로 인해 건형은 꽤 많은 학자들과 교류를 할 수 있었다.

여전히 몇몇 학자들과 건형은 연락을 하고 있었고 그들과의 대화를 통해 얻는 게 적지 않았다.

그뿐만 아니라 헨리 잭슨 교수는 알아 두면 적지 않게 도움이 될 수 있는 사람이었다.

지난번 하버드 대학교로 자신을 초대해 준 것도 그렇고 이번 기회에 한번 빚을 져두는 것도 나쁘지 않을 듯했다.

게다가 예전에도 헨리 교수는 자신에게 이러한 부탁을 해 온 적이 있었다.

한 번 정도 도와주는 건 흠이 되지 않을 터였다.

"알겠습니다. 그런데 제가 지금 당장 미국으로 갈 여유가 되질 않습니다. 그래서 말인데 화상……."

[제가 그곳으로 가겠습니다.]

"예? 교수님이요?"

건형이 미처 몰랐을 뿐 헨리 교수는 세계에 그 이름이 널리 알려진 몇 안 되는 수학자다. 이름 하나로 수학계 전체를 쥐고 흔들 수 있을 만큼 명성이 높다.

그뿐만 아니라 인망이 높아 세계 곳곳의 학자들과 두루두루 친하다. 그와 친분을 맺고 있다는 것 하나만으로도 도움이 될 게 분명했다.

그런 헨리 교수가 자신 때문에 직접 온다는 이야기가 국내외 언론에 알려지게 된다면?

당연히 일대 파장이 일어날 수밖에 없다.

일개 대학생 때문에 교수가, 그것도 하버드 대학교의 종신교수가 직접 방한한다는 건 여러모로 놀라운 일이 아닐 수 없었다.

"그건 아무래도 교수님한테 부담이⋯⋯."

[이미 하버드에는 휴직계를 내놓은 상태입니다. 마이클하고 제인이 그동안 제 자리를 맡아줄 겁니다. 그러니까 걱정하지 않으셔도 됩니다.]

건형이 머리를 긁적였다. 이 상황을 어떻게 해결해야 할지 그게 답답했다.

그러나 어쩔 수 없는 일이었다.

이미 저렇게 휴학계까지 내놓고 오겠다고 하는데 그것을 거절할 수도 없는 노릇이었다.

"알겠습니다. 교수님. 그러면 오는 날 미리 연락 한 번만 주시겠습니까? 제가 직접 공항으로 모시러 가겠습니다."

[하하, 미스터 박이 그렇게 신경 써주니 고맙군요. 오늘 오후 비행기를 타고 갈 겁니다. 조금만 기다려 주십시오.]

"네? 오늘 오후요?"

헨리가 입을 열었다. JFK공항에서 오후 4시행 비행기를 타고 한국에 올 예정이라고 한다.

서울 시간으로 치면 새벽 5시 비행기를 타고 오는 셈이다.

뉴욕에서 서울까지는 14시간 가까이 걸리기 때문에 도착하는 건 내일 저녁 7시쯤일 터였다.

건형이 머리를 긁적였다.

아무래도 내일 하루 시간을 비우고 헨리 교수를 만나러 찾아가 봐야 할 듯했다.

"머물 곳은 정하신 건가요?"

[이미 호텔을 잡아 뒀습니다. 논문과 관련해서는 S대에서 이야기를 나누면 좋을 듯합니다. 제가 아는 사람이 S대 총장하고 안면이 있는데 이번에 제가 내한한다고 하니 흔쾌히 연구동 하나를 빌려주기로 했습니다.]

"하…… 알겠습니다. 그럼 내일 저녁에 뵙는 걸로 하겠습니다."

건형은 설레설레 고개를 저었다. 이미 자신이 도와줄 것이라고 결정을 내리고 움직인 것이었다.

어쩔 수 없었다. 이왕 이렇게 된 거 도움을 줄 수밖에 없을 것 같았다.

전화 통화가 끝나고 지혁이 건형을 쳐다보며 물었다.

"무슨 일이야?"

"그게 헨리 교수님이 논문 문제로 이야기를 하고 싶으시다네요."

"음, 그래서 헨리 교수가 직접 한국으로 오겠다고 한 거야?"

"예, 조금 당황스럽네요. 들어 보니까 이미 비행기도 잡아두신 거 같더라고요. 급한 일인 거 같은데 골치 아프게 됐네요."

가뜩이나 시간이 부족한 상황인데 더 쫓기게 됐다.

그 말에 지혁이 한숨을 길게 내쉬었다.

그리고 건형을 쳐다보며 말했다.

"헨리 교수가 준비하고 있는 논문이 뭔지 알아?"

"뭔데요?"

"리만 가설."

그 말을 듣는 순간 건형이 눈을 휘둥그레 떴다.

지금 자신이 잘못 들은 건가?

순간 그런 생각이 들 정도였다.

"리만 가설이라고요?"

세계 수학계의 7대 난제라 불리는 문제가 있다.

아, 지금은 7대가 아니라 6대로 바뀌긴 했지만.

어쨌든 편의상 7대 난제라고 부른다.

리만 가설은 그중 하나다.

동료가 리만 가설을 연구하려고 한다면 미리 묘비명을 생각해 두라고 하는 농담이 있을 정도로 리만 가설은 대단히 증명하기 어려운 문제다.

얼마큼 어렵길래 그런 농담이 오고 가는 것일까?

리만 가설은 1859년 독일의 천재 수학자 리만(George Friedrifch Bernhard Riemann)이 제기한 것으로 2, 3, 5, 7 같은 소수들이 어떠한 패턴을 지니고 있을까? 라는 질문에서 시작됐다.

수학의 세계에 존재하는 수많은 난제들 중에서 가장 어렵고 중요하다고 불리는 게 바로 이 리만 가설인데 이것이 이렇게 중요하게 취급받고 있는 것은 수학의 세계에서 가장 기본적인 수, 소수의 수수께끼를 풀 수 있는 열쇠를 쥐고 있기 때문이다.

1과 자기 자신으로만 나눌 수 있는 수인 소수.

2부터 시작하지만 그 배열은 제멋대로라서 규칙은 전혀

찾아볼 수 없는데 만약 리만 가설이 증명된다면 이 불규칙한 배열을 풀어낼 수 있게 되는 것이다.

'제타함수의 비자명적인 제로점은 모두 일직선상에 있다.'

오랜 시간 이 리만 가설을 증명하기 위해 연구해 온 수학자 한 명은 이것을 해결할 수 있다면 그것은 엄청난 과학의 발전으로 이어질 것으로 확신했다.

이 불규칙한 소수의 배열을 확인할 수 있다는 것은 우주를 지배하는 물리법칙을 이해하는 것과 연관성이 있다고 할 수 있기 때문이다.

"그 리만 가설이라면……."

헨리 교수라고 해도 불가능하지 않을까 생각이 됐다.

리만 가설을 증명하고자 노력해 온 수학자들은 부지기수로 많았다.

그중 대표적인 게 20세기 초 영국의 천재 수학자 고드프리와 리틀우드.

이 두 사람은 리만 가설을 증명하고 그것으로 자신의 실력을 입증하고자 했다.

그렇지만 그들은 좌절감만 맛보게 되고 리만 가설을 증명하는 걸 포기하게 된다.

그 이후에 또 리만 가설에 손을 댄 사람이 있었다.

미국 프린스턴 대학의 조나단 내쉬.

노벨 경제학상 수상자이기도 한 내쉬 박사는 세기의 천재로 칭송받던 수학자였다.

그야말로 헨리 교수 이전의 최고의 수학자라 불렸는데 그 역시 리만 가설을 증명하기로 마음먹는다.

그렇게 리만 가설이 세상에 발표된 지 100년이 되는 해에 그는 강연회를 발표하기로 하였다.

드디어 100년 넘게 최악의 난제로 평가받아 온 리만 가설을 내쉬 박사가 증명하게 될 날이 찾아온 것이었다.

하지만, 만원을 이룬 회장에 등장한 내쉬 박사는 증명을 하기는커녕 정신분열증에 시달리는 모습을 보이고 말았다.

말을 더듬거리며 앞뒤가 맞지 않는 말을 늘어놓기 시작한 것이었다.

이후 어느 누구도 도전하지 않는 최악의 영역이 되어 버린 리만 가설.

헨리 교수가 그것을 연구하고 있다는 건 생소한 이야기였다.

"푸앵카레 추측을 증명한 지도 얼마 안 된 걸로 아는데 벌써 리만 가설을 증명하려고 한다고요?"

"수학자는 이십 대에서 사십 대 사이에 절정을 맞이하지. 아마 헨리 교수는 이 전성기 때 더 많은 업적을 남기고 싶어 한 걸 거야. 그리고 푸앵카레 추측 같은 경우 같이 연구한 알렉산더 페렐만 교수가 비중이 조금 더 높은 편이니까."

"이번에야말로 자신의 힘만으로 직접 리만 가설을 증명하고 싶어 하는 거군요."

"그래, 그렇지만 리만 가설이라는 게 그렇게 쉬운 문제는 아니니까 네 도움을 필요로 하는 걸 거야."

"어떻게 생각해요? 도와주는 게 낫다고 생각해요?"

"글쎄. 돕는 게 어떨까? 앞으로의 일을 생각해 본다면 말이지."

"앞으로의 일요?"

"단순히 지금 이 상태에 만족한다면 돕지 않는 게 낫겠지. 오히려 사람들의 이목만 끄게 될 테고 지금과는 비교할 수 없을 정도로 더 시끌벅적해질 거야. 그렇지만 지금 네가 목표로 하고 있는 건 그것만이 아니잖아. 안 그래?"

그렇다.

건형이 목적으로 하는 건 현상유지가 아니다.

더 많은 걸 목표로 하고 있다.

그러기 위해서는 헨리 교수와 우호관계를 다져 둘 필요성이 있었다.

수학계뿐만 아니라 웬만한 학계에서 그는 엄청난 영향력을 가지고 있었으니까.

"리만 가설이 아닐 가능성은 없을까요?"

"글쎄. 리만 가설이 아닐지도 모르지만…… 그러면 굳이 너한테까지 와서 도와 달라고 요청할 필요는 없겠지. 마이클 교수나 제인 교수 둘 다 수학계에서는 정말 대단한 수학자들로 손꼽히고 있거든."

"일단 마음의 준비는 해 둬야겠네요."

얼마나 도와 줘야 할지 알 수는 없지만 당분간은 헨리 교수를 돕느라 몸살이 날 수도 있을 것 같았다.

"그보다 ANK 엔터테인먼트 일은 어떻게 할 생각이야?"

"일단 주의 깊게 지켜보려고요. 정 안 되면 이종수 사장하고 만나서라도 담판을 지어야죠."

"그래, 계속 신경 써 둬. 미국 쪽 일은 어떻게 되어 가고 있어?"

월스트리트 일에 대해 물어보는 것이리라.

건형은 대답 대신 씨익 미소를 지어 보였다.

아마 지혁도 어느 정도 자신의 일에 대해 파악을 했을 것이다. 미국에서도 그렇게 소문이 났는데 정보꾼으로 소문난 지혁이 알지 못한다는 건 말이 안 되는 일이었다.

실제로 건형은 지금 월스트리트에서 갓핸드라고 불리고 있었다.

손대면 무엇이든 황금의 주식으로 만들어 준다고 해서 붙여진 이름, 역사 속 '마이더스의 손'이 생각나게 하는 그런 닉네임이었다.

국내에 아직 알려지진 않았지만 몇몇 귀 밝은 사람들은 이미 소식을 접해 들었을지도 몰랐다.

어쨌든 그 덕분에 건형은 꽤 많은 돈을 벌어들이고 있었고 그 돈은 통장에 차곡차곡 쌓이고 있었다.

옛날이었으면 상상도 못 했을 일이었다.

그때에만 해도 학교 등록금을 마련하겠다고 공사장에서 막노동을 뛰고 그랬을 때니까.

격세지감이 저절로 느껴졌다.

"여하튼 고마워요. 최대한 주의 깊게 대처하도록 할게요."

"그래, 조심하고 헨리 교수하고는 친분을 쌓아 둬. 나쁜 사람도 아니고 어쨌든 인맥은 이래저래 도움이 되었으면 되었지, 피해가 날 일은 없을 테니 말이야."

"예, 그럴게요."

"이제 슬슬 가 봐야 하는 거 아니냐?"

건형이 손목시계를 들여다봤다.

아버지가 순직하면서 남긴 유품으로 낡고 해졌지만 그에게는 각별한 의미가 담겨 있는 것이다.

어느덧 시간은 저녁 일곱 시를 가리키고 있었다.

"그러게요. 슬슬 가 봐야겠네요."

건형은 자리를 털고 일어났다.

오늘은 그가 다녔던 고등학교의 동창회가 있는 날이었다.

서울 강남에서 열릴 예정이었는데 늦지 않으려면 최대한 서둘러서 움직여야 할 것 같았다.

건형을 보며 지혁이 말했다.

"이왕이면 차 한 대 사. 매번 여기 오는데 불편하지도 않냐?"

"안 그래도 그 때문에 차 한 대 주문해 두긴 했어요. 아마 내일쯤 출고될 거예요. 제가 평소 사고 싶었던 드림카 한 대 뽑았거든요. 출고되는 대로 한 번 끌고 와서 드라이브시켜 드릴게요."

"그래, 기대하고 있을게. 조심해서 올라가."

"예. 나중에 봬요."

그렇게 건형은 지혁의 별장을 빠져나왔다. 그리고 그는 근처 대로에서 택시를 잡아타고 동창회가 열리기로 되어 있는 서울의 한 호프집으로 향했다.

　오랜만에 볼 동창들 생각에 어느덧 입가에는 미소가 자리
해 있었다.

Chapter. 02

　　호프집 안은 동창회로 인해 한창 북적거리고 있었다.

　　오늘은 31회 동문들 모임이 있는 날로 연락이 간 애들이라면 대부분 모이기로 되어 있었다.

　　건형이 친하게 지내던 고등학교 단짝 네 명 중 준성을 빼면 나머지 세 명은 다들 모이기로 되어 있었다.

　　준성도 원래 나오기로 했지만 조별모임에 급한 일이 터지는 바람에 미처 나올 수 없게 됐다고 미리 연락이 온 상태였다.

　　호프집 안에 들어선 건형은 주변을 두리번거렸다.

맨 처음에는 호프집인 줄 알았는데 막상 들어서자 꽤 넓은 크기의 술집이었다. 족히 이백여 명은 수용할 수 있을 정도로 넓었는데 1층, 2층으로 나뉘어져 있었다.

건형이 들어서자 몇몇 동창들이 그를 알아봤다.

"어? 박건형?"

"아, 안녕."

건형은 한 명, 한 명 누군지 다 알아볼 수 있었다. 그의 기억력 때문이었다. 덕분에 고등학교 때 어떠한 사소한 일이 있었는지 하나도 빠짐없이 다 기억나긴 했지만 말이다.

"이야, 너 요새 잘 나가더라? 퀴즈쇼 패널하는 거 잘 보고 있어. 우리 학교에서 연예인이 나올 줄은 몰랐다."

건형이 다니던 학교는 입시 명문 고등학교였다.

그렇다 보니 대부분 좋은 대학교에 가는 걸 목표로 삼지 연예인이나 가수, 개그맨이 되는 경우는 드물었다.

건형의 단짝 친구 중 한 명인 명수도 공무원 시험을 준비하고 있었으니 말이다.

"고맙다."

"종종 연락하자."

몇몇 동창들과 이야기를 나누며 건형은 단짝 친구들을 찾았고 얼마 되지 않아 명수를 찾아낼 수 있었다. 명수 옆에는 민우와 정호가 서 있었다.

역시 준성은 급한 일 때문인지 참석하지 않은 상태였다.

건형은 남몰래 한숨을 길게 내쉬었다. 친구를 못 보게 됐다는 건 여러모로 아쉬운 일이긴 했다.

그렇지만 준성이 플뢰르, 그것도 지현의 팬인 걸 감안한다면 다행인 일이었다.

만약 준성이 자신을 봤다면 바로 지현에 대해서 추궁했을 게 분명했으니까.

호프집이라 보기엔 너무 큰 술집 안은 이미 떠들썩하기 이를 데 없었다. 친한 애들끼리 모여 저마다 술잔을 기울이고 있었다.

술집을 둘러보던 건형이 민우에게 물었다.

"준성이는 역시 못 온다고 하냐?"

"응, 아마 그럴 거 같아. 오더라도 저녁 늦게? 그때쯤이나 올걸?"

"그래?"

준성이가 오기 전에 집으로 돌아가야겠다고 건형이 생각할 때였다.

"이번 동창회 누가 모이자고 한 건지 알아?"

"아마 찬우일걸?"

"찬우? 이 술집도 그 녀석이 빌린 거야?"

"응, 그런 걸로 아는데? 꽤 돈 많이 들었을걸."

정호와 명수가 나누는 대화를 듣고 있던 건형이 고개를 끄덕거렸다. 확실히 꽤 많은 돈이 깨졌을 게 분명했다.

"그래도 찬우면 지 돈으로 빌렸겠지. 워낙 눈에 튀는 걸 좋아했으니까."

"하긴 고등학교 때부터 차 끌고 다녔던 녀석은 그 녀석이 유일하지 않았냐? 외제차 끌고 다니고 그랬잖아."

그랬다.

고등학교 때부터 학교에 외제차를 끌고 다닌 건 찬우가 유일했다. 고등학생은 감히 꿈도 못 꿀 정도의 고급 스포츠카였는데 그럴 수밖에 없는 이유가 있었다.

그것은 찬우 집이 대단히 잘 사는 재벌가였기 때문에 가능한 일이었다. 듣기로는 찬우 아버지가 국내에서 열 손가락 안에 드는 T사의 사장이라는 말이 있었다.

게다가 그의 아버지가 그를 끔찍하게 아끼기도 했고.

대학교도 기부 입학을 통해서 꽤 괜찮은 명문 사립대에 입학한 것으로 알고 있었다.

"찬우는 어디 있어?"

"저기 2층에. 여자 애들하고 놀고 있을 거야."

"아, 그래?"

"응. 너도 알잖아. 옛날부터 같이 잘 모이던 그 패밀리. 걔네끼리 놀고 있을걸?"

"그보다 이 동창회는 도대체 왜 열자고 한 거야?"

"찬우 녀석이 그냥 애들 보고 싶다고 열었다던데. 겸사겸사 다들 소식도 듣고. 나도 뭐 오랜만에 못 보던 애들 다시 볼 수 있어서 좋긴 한데 약간 골치 아프긴 하네."

한편 정호 녀석은 아까부터 표정이 썩 좋아보이질 않았다.

건형은 왜 정호가 저렇게 불편해하는지 대략 이유를 알 것 같았다.

정호가 팀장으로 일하고 있는 중견 기업이 찬우 아버지가 일하는 회사하고 최근 여러모로 갈등을 빚고 있었기 때문이다.

그렇다 보니 정호로서는 찬우 얼굴을 보는 게 조금 불편할 수밖에 없을 터였다.

"많이 불편하냐?"

건형이 정호를 쳐다보며 조심스럽게 물었다.

정 자리가 불편하다면 자기들끼리 다른 곳으로 옮겨도 그만이었다. 어차피 동창회라고 한들 거의 끼리끼리 모이는 장소로 바뀐 지 오래였으니까.

정호가 고개를 저었다.

"준성이 녀석 올지도 모르는데 여기서 기다려야지. 그것도 그렇고 내가 그 녀석한테 설설 길 이유도 없고 말이야. 그냥 조금 귀찮은 거 뿐이야."

"그래? 그렇다면 그렇게 하자. 그보다 예진이는 안 왔냐?"

"예진? 예진이가 누군데?"

건형이 피식 입가에 미소를 그리며 말했다.

"고등학교 때 네가 좋아하던 애 있잖아. 기억 안 나?"

정호가 고개를 설레설레 저었다.

"무슨 말도 안 되는 소리야! 나 그런 적 없어."

"에이, 거짓말하기는. 빼빼로 데이 날 빼빼로 산다고 학교 앞에 있는 편의점에 헐레벌떡 뛰어갔다가 선생님한테 걸려서 엄청 혼난 거 기억 안 나?"

그때, 옆에서 잠자코 술을 마시던 명수가 거들었다.

"그러게. 나도 기억나는데? 그때, 네가 좋아하던 애가 예진이 아니었냐? 되게 예쁘장하게 생겨서 얼굴 하얗던 애. 공부도 잘했던 걸로 기억하는데."

정호가 얼굴을 빨갛게 물들였다.

"아니, 그런 적 없다니까 그러네."

그때였다.

새로 사람들이 호프집 안으로 들어오기 시작했다. 그리고 그중 한 명의 얼굴이 낯이 익었다. 약간 콧대가 높아지긴 했지만 고등학교 때 그 모습이 남아 있었다.

건형이 그녀를 가리키며 말했다.

"어? 쟤 박예진 아니야?"

"뭐?"

정호가 화들짝 놀라며 정문 쪽으로 고개를 돌렸다.

건형이 그 모습을 보며 피식 미소를 지었다. 명수와 민우도 크큭거리며 웃음을 흘렸다.

뒤늦게 상황 파악을 한 정호가 세차게 손사래를 쳤다.

"그런 거 아니야. 그냥 궁금한 거 뿐이야. 어떻게 변했는지."

"알아, 다 알아. 이왕 그렇게 된 거 인사나 하지 그래. 그때 선생님 때문에 빼빼로도 전해 주지 못했잖아."

정호가 눈살을 찌푸렸다. 생각해 보니 그랬다.

원래 예정대로였다면 빼빼로를 전해 주는 거였다.

야간 자율학습이 시작되기 전에 말이다.

그러나 학교 선생님한테 걸려서 혼나고 난 뒤 빼빼로를 강제로 압수당했다. 그래서 빼빼로를 주지도 못하고 고백도 하지 못했었다.

그 뒤, 정호는 자신과 인연이 아니라고 생각하고 마음을 깔끔히 접었었다.

그런데 오늘 이렇게 다시 만나게 되니 가슴이 무진장 설레고 있었다.

거기다가 친구들이 부추기고 있는 상황.

정호도 한번 용기를 내 볼까 생각을 하고 있었다.

그때였다.

정문으로 들어오던 그녀가 정호 쪽을 바라봤다. 정호는 순간 그녀가 자신을 본 건가 하는 생각에 그녀와 눈을 마주쳤다. 그리고 그의 생각은 정확히 맞아떨어졌다.

그녀가 정호 쪽을 향해 걸어오고 있었다.

그러나 정호에게 가까이 다가온 예진이 말을 건넨 상대는 건형이었다.

"박건형 맞지? 나 기억해? 5반 박예진."

머뭇거리던 건형이 고개를 끄덕였다.

그러자 예진이 환하게 웃어 보이며 입을 열었다.

"정말 오랜만이야. 잘 지냈어? 원래 동창회 올 생각 없었는데 너 와 있다 길래 뒤늦게 온 거 있지."

"내가 왜?"

"사실 내가 학교 동아리활동을 하는데 너하고 인터뷰 좀 할 수 있을까 해서. 부탁할 수 있을까?"

미소를 지어 보이는 그 모습에 건형이 머리를 긁적였다. 귀찮은 일은 사실 질색이었다. 인터뷰에서 무슨 이야기가 나올지는 알 수 없는 일이지만 그래도 웬만해서는 이런 일에 얽매이지 않는 게 사실 편했다.

"어떤 걸 인터뷰하려고 하는 건지는 모르겠지만 시간이 된다면 그렇게 할게."

"정말? 정말이지? 그러면 연락처 좀 알려 줄 수 있어?"

바로 휴대폰을 내미는 모습에 건형은 고개를 설레설레 저었다.

그렇지만 동창이고 또, 딱히 거절할 이유도 없었다.

건형은 연락처를 찍어서 건넸다. 그녀가 고맙다고 말하며 돌아섰다.

그때, 무슨 용기가 났는지 정호가 불쑥 말을 꺼냈다.

"혹시 나 기억해?"

"어, 그러니까…… 혹시 너 백정호 맞아?"

"기억해?"

"응. 당연하지. 너 그때 빼빼로 데이 날 빼빼로 학주쌤한테 뺏겼잖아. 애들끼리 너 누구한테 빼빼로 주려고 산 건지

막 내기 오고 갔었는데. 못 들었었나 보네."

"그런 일이 있었어?"

예진이 고개를 끄덕였다.

"응. 여하튼 너 되게 멋있어졌네."

그 말에 정호의 얼굴이 더 빨개졌다. 가만히 생각하던 예진이 조심스럽게 휴대폰을 내밀었다.

정호가 의아한 얼굴로 그녀를 쳐다봤다. 무슨 의도냐는 그런 의미였다.

예진이 입을 삐쭉 내밀며 말했다.

"알려 주기 싫으면 말고."

"아, 아니. 잠깐만."

정호는 놀란 얼굴에 바로 휴대폰을 건네받은 뒤 번호를 꾹꾹 눌러 입력했다.

그렇게 순식간에 휴대폰 번호 두 개를 얻어간 예진이 휙 사라지자 민우가 정호 옆구리를 쿡쿡 찌르며 말했다.

"너 멋있어졌다고 하더라? 부러운 자식."

"부, 부러울 게 뭐 있어."

"운명 같은 만남이잖아. 이거야말로 그 소울 메이트 같은 거 아니겠냐? 완전 대박!"

"됐어. 뭐, 그냥 우연히 알려준 거겠지."

"잘해 봐. 걔도 은근히 마음이 있는 거 같던데?"

"됐어. 괜히 헛물켜게 하지 말고. 그보다 준성이 이 녀석은 오긴 오는 거야? 한번 연락이나 해 봐."

티격태격하는 두 사람 모습을 보며 건형은 피식 미소를 흘렸다.

잠자코 있던 명수가 준성에게 전화를 걸었다.

"어, 어디야? 근처라고? 건형이 왔냐고? 어, 왔는데? 뭐라고? 바꿔 달라고?"

대화를 나누던 명수가 건형에게 휴대폰을 건넸다.

"어, 나 왔어. 무슨 일 있냐?"

[어디 가지 말고 거기 가만히 있어.]

"응? 무슨 일인데?"

심상치 않은 준성 목소리에 건형이 긴장을 감추지 못한 채 대답했다. 살짝 떨리는 목소리를 용케 알아챈 건지 수화기 너머로 준성이 나지막한 목소리로 입을 열었다.

[최후로 해명할 수 있는 기회를 주마. 여하튼 기다려.]

뚝—

전화가 끊겼다.

모골이 송연해졌다. 온몸이 으슬으슬해지고 털끝이 쭈뼛해졌다.

아무래도 최대한 빨리 이 자리를 벗어나야겠다는 생각이 들었다.

그렇지만 막상 가자니 그것도 뭐한 게 이미 온다고 이렇게 이야기를 해 둔 상태인데 자리를 벗어난다면 더 의심할 게 분명했다.

하는 수없이 맥주잔을 야금야금 비우며 준성을 기다릴 무렵이었다.

위층이 소란해졌다. 그리고 찬우를 비롯한 찬우 패밀리들이 걸어 내려왔다.

괜한 시비에 휘말리기 싫었던 건형은 등을 돌린 채 서 있었다.

반면에 민우나 정호는 뻣뻣하게 서 있었다.

그때, 찬우가 그들에게 가까이 다가왔다. 정호 앞에 선 찬우가 웃으며 입을 열었다.

"회사 일은 잘 돼 가냐?"

"그럭저럭. 우리 같은 작은 회사에 신경 쓸 여유도 있고. 좋겠네."

"에이, 조만간 한 지붕 밑에서 일할지도 모르는데. 그렇게 삐딱하게 나오지 말고. 내가 너 만나고 싶어서 오늘 동창회 연 건데 말이야."

"그게 무슨 말이지?"

"어? 몰랐냐? 하하, 아버지가 너 좀 만나보라고 해서. 그리고 한 지붕 밑에서 일한다는 건 뭐, 차차 알게 될 거야."

"……"

"아버지 말로는 네가 그쪽 기획실 팀장이라며? 웬만한 아이디어는 다 네가 기획했다고 하던데. 예상외였어."

"더 이상 할 말 없다."

"아, 잠깐만. 거기 옆에 건형이 맞지? 박건형."

찬우 말에 호프집 안이 조용해졌다.

이 자리에 모여 있는 많은 애들이 건형을 쳐다봤다.

다들 건형에 대해서는 이야기를 들어본 적이 있었다.

얼마 전 퀴즈쇼에 나와서 1등을 했고 그로 인해 20억이 넘는 상금을 수령했다.

그뿐만 아니라 헨리 교수와 친분이 있는데다가 암 환자를 고쳤다는 소문까지 있었다.

웅성거림이 심해졌다.

잠자코 있던 건형이 고개를 돌려 찬우를 쳐다봤다. 녀석은 고등학교 때와 비교해서 크게 바뀐 모습이 없었다.

자신감 넘치는 모습 그대로였다. 여전히 아버지의 위세를 등에 업고 있다는 것도 똑같았다.

고등학교를 졸업하고 4년가량이 지났는데도 한결같다는 게 신기할 정도였다.

"네 이야기는 많이 들었다. 아버지도 너한테 관심이 많더라고. 소문에는 암 환자를 고쳤다던데 사실이냐?"

"헛소문이지. 세상에 암 환자를 고칠 수 있는 사람이 어디 있냐?"

"그럼 그렇지. 말기 암 환자를 고칠 수 있을 리가 없지. 만약 그게 사실이면 무슨 수를 써서라도 너를 포섭해오라고 했었거든. 어쨌든 잘 놀다 가라. 내가 오늘 하루 여기 통째로 빌린 거거든. 다들 재미있게 놀라고 말이야."

"그래, 고맙다."

그가 자리를 떠나고 건형이 정호를 쳐다보며 물었다.

"도대체 무슨 일이야?"

건형도 늦게 도착한 탓에 제대로 된 이야기를 듣지 못한 상태였다.

맥주를 한 잔 가볍게 비워 낸 정호가 약간 격앙된 어조로 입을 열었다.

"알다시피 우리 회사는 중견 기업이야. 반면에 정호 녀석 아버지가 있는 회사는 대기업이고. 여러모로 우리 회사가 불리할 수밖에 없어. 어쨌든 우리 회사가 이번에 새로 개발한 게 있어. 정말 획기적인 아이디어고 4년 동안 꾸준히 개발에 매달린 제품이야."

정호가 일하는 회사는 국내 한 전자 업체로 4년 동안 개발중이던 신제품은 무선전력전송기술에 관한 것이었다.

최근 사람들이 많이 쓰는 스마트폰도 연관성이 있는데 선을 연결하지 않아도 무선으로 충전할 수 있게끔 해 줄 수 있는 그런 신제품이었다.

그러나 찬우의 아버지가 사장으로 있는 T사가 그 기술의 가치를 알아보고 최근 끊임없이 회유를 해오고 있었다.

처음에는 공동 개발을 제안했지만 정호의 회사가 기술유출을 우려해서 거절한 상태였다.

그러자 이제는 공개적으로 위협을 가하고 있는 실정이었다.

그렇다 보니 힘없는 중견 기업 입장에서는 무슨 일이 벌어질지 모르므로 내심 긴장할 수밖에 없었다.

"그래서 사장님도 많이 걱정이셔. 나도 당연히 걱정일 수밖에 없고. 그동안 이거 개발하느냐고 직원들 임금 밀린 적도 몇 번 있었고 여러모로 어려웠는데 기술이 외부로 유출되면 그냥 끝나 버리는 거니까."

특허를 출원하면 된다고 하겠지만 그것도 소용없는 일이

다.

특허를 낸다고 한들 그것을 더 효율적으로 해 주는 우회적인 방안을 만들어 내면 그들이 낸 특허는 무용지물이 되어 버리기 때문이다.

그렇다 보니 아직 특허를 내지도 못했고 여러모로 전전긍긍하고 있다고 했다.

"후, 그 때문에 내가 요새 담배를 피우고 있잖냐. 이거 때문에 지금 군대도 미뤄 뒀는데 걱정이야."

현재 건형이 자주 어울리는 친구들 중에서는 정호만 유일하게 군대를 가지 않았다. 준성이야 아직 의대생이고 민우는 국가유공자인 덕분에 6개월만 갔다 왔지만 정호는 아직 군대를 안 간 상태였다.

산업 대체 복무요원으로 갈 거라고 했지만 그것은 이번 신제품이 출시돼서 회사가 안정을 찾고 난 뒤의 일이라고 했다.

이야기를 듣던 건형은 한번 이 일도 지혁에게 물어봐야 할 것 같다는 생각이 들었다. 가장 친한 친구의 일이기도 했고 또, 만약 그의 말이 사실이라면 T사의 횡포를 막아야 했기 때문이다.

그렇게 대화를 나누고 있을 무렵 준성이 들어섰다. 그를 본 건형의 얼굴이 사색이 됐다. 아무래도 준성이 오면 플뢰르에 관한 이야기부터 할 가능성이 높았다.

지현과 사귀게 됐다는 걸 그가 알게 되면 무슨 소란이 벌어질지 걱정스러웠다.

그들에게 다가온 준성은 한숨을 길게 내쉬었다.

"아, 돌아 버리겠다. 무슨 매주 시험 보는 거 같다. 이럴 줄 알았으면 의대 말고 다른 데 진학하는 건데."

"속 좋은 소리하지 마라. 의사만큼 좋은 직업 어디 있다고. 너 매일 소개팅 들어온다며?"

"말도 마. 소개팅 할 시간도 없어. 시험 공부하느라 바빠 죽겠는데 소개팅은 무슨. 그보다 난 너 못 올 줄 알았는데 용케 왔냐?"

"시간이 없는 것도 아니고 웬만하면 와야지. 그보다 너 늦게 와서 아쉽겠네."

"응? 내가 아쉬운 일이 뭐가 있어? 무슨 일 있었냐?"

"말도 마라. 아까 전에 박예진 왔다 갔었다."

"야! 그만……."

정호가 다급히 말리려고 했지만 명수가 한 발자국 더 빨랐다. 명수가 정호 입을 막은 사이 건형이 장황하게 이야기를 풀어놓기 시작했다.

"다른 게 아니라……."

아까 전 이야기가 오고갔다.

흥미롭게 건형이 하는 말을 듣던 준성이 파안대소하며 박수를 쳐 댔다.

"정말이야? 그래서 연락처를 준 거야?"

"응. 그렇다니까? 둘이 잘되면 왠지 배 아플 거 같아서 걱정이다."

"배 아프긴. 잘되길 바라야지. 여하튼 의대 생활은 어때?"

"상상외다. 와, 그래도 예과 때는 널널하게 쉬면서 교양도 듣고 그래서 힘든지 몰랐는데 지금은…… 지옥 그 자체야. 정말 장난 아닌 거 같아."

그럴 수밖에 없었다.

의대 같은 경우 예과 1, 2년 과정은 비교적 수월한 편이지만 본과로 들어가면 본격적으로 지옥이 시작된다고 하는 게 괜히 있는 말이 아니었다.

"기운 내라."

"나 없는 동안 무슨 이야기 했냐?"

"그냥 사는 이야기. 정호 회사 이야기도 있었고."

정호가 얼굴을 구겼다.

마땅찮은 해결 방안이 딱히 떠오르지 않는 게 현실이었다.

대기업을 상대로 중견 기업이나 중소기업은 모두 갑을 관계에서 을에 해당하니 말이다.

원천기술을 가지고 있다 하지만 대기업에서 그것을 얼마든지 돈으로 매수해서 빼돌릴 수도 있는 것이다.

정호가 걱정하고 있는 게 바로 그것이고.

잔뜩 굳어진 정호 얼굴을 보던 건형이 입을 열었다.

"정호야, 걱정하지 말고 기다려 봐라. 내가 한 번 알아봐 줄게."

"응? 네가 무슨 수로?"

"그럴 만한 연줄이 있어. 일이 어떻게 되어 가는지 알아보고 아는 대로 연락 줄게."

"연줄이 있다고? 정말?"

"그렇대도. 모레나 글피쯤에 연락 주마."

"……부탁한다. 내가 남이라고 생각하고 있는 회사면 모르겠는데 4년 넘게 몸담아 온 곳이고 무엇보다 사장님이 워낙 좋은 분이라서."

지푸라기라도 잡는 심정으로 정호가 입을 열었다.

건형은 아무 말 없이 슬며시 고개를 끄덕여 보였다.

그 뒤, 동창회는 별 탈 없이 마무리되었다.

건형과 건형 친구들은 찬우하고 어울리지 않았고 고등학

교 때 친하게 지냈던 몇몇 애들하고만 어울렸다.

찬우도 건형을 경원시했다.

그렇게 동창회가 마무리되고 건형은 집으로 향했다.

2차를 가자는 유혹도 있었다. 급작스럽게 유명해진 건형을 유혹하는 여자 동창들의 유혹도 적지 않았다. 만약 지현과 사귀고 있지 않았다면 그들의 유혹에 넘어갔을지도 모를 일이었다.

자신을 좋아하던 여자애들이 이렇게 많았나 새삼 느껴질 정도로 그 관심이 지대했으니 말이다.

오죽하면 민우가 그런 건형을 보며 자신의 인기가 다 건형에게 넘어갔다고 투덜거릴 정도였다.

확실히 고등학교 때만 하더라도 민우의 인기가 훨씬 더 많았으니 그럴 만했다.

집으로 돌아온 건형은 지현에게 집에 도착했다, 라는 문자를 보내 놓은 다음 지혁에게 전화를 걸었다. 얼마 지나지 않아 지혁이 전화를 받았다.

[오늘 일은 잘 봤냐?]

"아, 네. 훈련 못 가서 죄송해요."

[아니야. 쉬어 줄 필요도 있지. 그동안 너무 무리해서 훈련 받긴 했으니까.]

지혁에게 훈련 받은 지 벌써 2주가 지나가고 있었다.

처음에만 해도 엄청 힘들었지만 이제는 슬슬 적응이 되어가고 있었다.

물론 그것에는 건형의 뛰어난 두뇌가 한몫을 단단히 하고 있었다. 웬만한 건 빠른 속도로 순식간에 흡수하다 보니 그럴 수밖에 없었다.

"내일은 낮까지만 훈련을 하고 저녁에 어디 가 봐야 할 거 같아요."

[저녁에? 아, 헨리 교수 만나려고 하는 거구나.]

"네, 그래야 할 거 같아요. 내일 저녁 비행기로 들어온다고 하더라고요. 일 해결하고 연락할게요."

[그래, 알았다. 잘 이야기해 봐. 나는 뭐, 네가 돕는 것도 나쁘지 않은 거 같긴 하지만 말이야.]

"아……."

전화를 끊으려던 건형은 뒤늦게 정호 일을 생각해 내고 그것에 관해 물었다.

"아, 하나 더 물어볼 게 있는데 혹시 T사에 관해서 모아두신 정보 같은 거 있어요?"

[T사? T사면 꽤 많지. 무슨 일 있어?]

"제 친구 회사가 개발한 신기술을 T사가 호시탐탐 노리고 있다는 말이 있어서요. 그것 때문에 혹시 아는 정보가 있나 해서 여쭤 봤어요."

[음, 내일 안에 다 알아볼 수 있을 거야. 확인해 보고 그 즉시 알려 줄게.]

"부탁 좀 드릴게요."

[그래, 들어가라.]

전화를 끊고 난 뒤 건형은 고개를 세차게 저었다.

예전부터 이런 일은 비일비재했다고 한다.

중소기업이나 중견 기업이 몇 년 넘게 공들여서 개발한 기술을 대기업이 알맹이만 쏙 빼먹는 그런 일 말이다.

정부에서도 나름 대책을 세워 보려고 했지만 정작 제대로 되는 일은 없었다.

정경유착 때문이었다. 그로 인해 재능 넘치는 사람들이 대부분 해외로 유출되고 있을 뿐만 아니라 최근 들어서는 국내에서 사업을 하면서 일부러 미국에 사업 신고를 하는 경우도 종종 있었다. 그래야 자신의 기술을 빼앗기지 않는다는 그런 공포 때문이었다.

건형은 입술을 깨물었다.

이것도 한국 사회의 고질적인 병폐 중 하나다.

사회를 바로잡겠다고 생각한다면 이것도 뿌리째 뽑아야

만 할 것이었다.

　이튿날 건형은 아침 일찍 지혁의 집으로 향했다.

　건형은 아침에 막 출고돼서 나온 날렵한 스포츠카를 몰고
있었다. 방송국에서 받은 상금을 더해 산 스포츠카로 평소
그가 갖고 싶어 했던 드림카였다.

　빠른 속도로 교외를 벗어난 건형은 얼마 지나지 않아 지
혁이 머무르는 별장에 도착했다.

　그가 도착하자 지혁이 반갑게 마중 나왔다.

　"어서 와라. 어, 이게 새로 출시한 스포츠카야?"

　"지난번에 말했잖아요. 차 뽑는 대로 드라이브시켜 드린
다고. 한번 타실래요?"

　"됐어. 여하튼 괜찮은 차 샀네. 축하한다."

　건형이 구입한 건 P사의 스포츠카로 1억이 약간 넘어가는
고급 스포츠카였다. 스포츠카를 주차시킨 다음 별장 안에
들어선 건형은 지혁이 건넨 커피를 마시며 어젯밤 알아봐 달
라고 했던 것에 대해 물었다.

　"T사에 관해서는 알아보셨어요?"

　"응, 꽤 지저분하더라. 스타플러스 엔터테인먼트 못지않
은 곳이더라고."

스타플러스 엔터테인먼트는 ANK 엔터테인먼트를 노리고 있는 곳으로 연예계에서도 소문이 가장 지저분한 곳 중 하나였다.

T사가 그런 스타플러스 엔터테인먼트하고 비슷하다고 이야기하는 걸 보니 정호가 그동안 해 온 마음고생이 얼마나 심했을지 새삼 그려볼 수 있을 것 같았다.

"어떻게 된 거예요?"

"지금 네 친구가 기획실 팀장이라고 했지?"

"예. 맞아요."

"아마 네 친구하고는 사전에 접촉이 있었을 거야. 이 정도 직급에 이 정도 대우를 해 줄 테니 자기 회사 쪽으로 넘어오라고 했겠지."

어제 술자리에서 찬우가 정호를 보면서 했던 말이 떠올랐다.

조만간 한 지붕에서 한솥밥을 먹게 될 거라고 했던가?

아마 이것을 염두에 두고 한 말이 아닌가 싶었다.

"네 친구로서도 놓치고 싶지 않을 정도로 매력적인 제안일 거야. 내가 볼 때는 기획실 팀장 자리에 최저연봉 일 억 이상에 스톡옵션도 챙겨 주려고 할 테니까."

"그 기술이 그렇게 유용한 기술이에요?"

"당연하지. 활용 방안이 워낙 무궁무진한데다가 앞으로의 가치가 훨씬 더 높다고 할 수 있으니까."

건형이 고개를 끄덕였다.

이곳에 오기 전 어젯밤 무선전력전송기술에 대해 검색해 본 적이 있었다.

그 시초는 백여 년 전 천재 과학자 테슬라로부터 비롯된 것으로 두 개 이상의 코일을 이용하는 인덕티브(inductive) 방식이라 할 수 있었다.

이러한 공진 코일의 개념에는 전자기학이 필수적이며 공진코일에 공급할 AC 전원에 있어서는 전력전자 분야에 관한 지식이 반드시 필요했다.

거기에다가 원하는 주파수를 발생시키기 위한 회로도 필요하기 때문에 디지털 회로에 대한 지식도 갖춰 둬야했다.

즉, 전자기학, 전력전자, 디지털 회로 등 다양한 방면에 두루두루 지식을 갖추고 있어야 한다는 건데 새삼스럽게 정호가 대단하게 여겨질 정도였다.

대학교에 진학하지 않고서도 그 정도의 지식을 쌓아 온 것이었으니 말이다.

그렇지만 정호의 아버지가 어릴 적부터 그쪽 관련 지식을 정호에게 알려줬고 덕분에 컴퓨터가 고장나거나 그쪽 문제가 생기면 항상 정호가 도맡아서 수리하긴 했었으니 그럴 만하다는 생각이 들긴 했다.

"어떻게 할 생각이냐?"

"일단 T사가 더 이상 접근하지 못하게 막을 수 있는 방법은 없을까요?"

"음, 기업 내부에 일을 만드는 것과 기업 외부에 일을 터트리는 것 두 개 정도가 있겠지. 회사 경영권을 가지고 싸움을 일으킨다거나 혹은 다른 기업에서 T사를 노리고 있다는 소문을 돌게 하거나. 만약 외부적으로 그렇게 한다면 T사 쪽에서도 방어를 해야 할 테니까 쉽사리 자금을 쓸 수 없겠지. 그러면 상대적으로 그린파워에 쏠린 관심이 줄어들 테고."

"하지만 두 가지 방법 모두 임시적인 거 아닌가요?"

"그렇지. 사실 가장 필요로 하는 건 법 개정이지. 워낙 이런 일이 비일비재하니까. 그리고 권력은 항상 가진 사람의 편을 더 들기 마련이고."

그의 말이 맞았다.

법정에서 가서 다툰다고 해봤자 대부분 가진 쪽의 손을 더 들어주기 마련이다.

"일단 내가 한 번 손을 써보마. 한 몇 달 정도는 시간을 벌 수 있을 거다. 그 이후 문제는 네가 그 친구하고 알아서

상의해 보도록 해라. 네 친구가 그 회사를 배신하지 않는다면 기술 유출을 막을 수 있을 테니까."

"예, 그래야죠."

그러면 필연적으로 정호 신변에 위험이 닥칠 수도 있을 터였다.

그것을 막는 게 건형이 해야 할 몫이 될 터였다.

그리고 그렇게 하기 위해서는 꾸준히 훈련을 받아야만 했다.

그래야 자신뿐만 아니라 주변 사람들까지 안전하게 지킬 수 있을 테니까.

Chapter. 03

건형은 훈련을 마치고 학교에 가서 강의를 들었다.

그러고 보니 어느덧 시간이 순식간에 지나 다음 주부터 중간고사 기간이었다. 듣는 강의 전부 다 중간고사를 보게 되어 있었다.

강의를 듣는 학부생들의 표정은 썩 좋아 보이지 않았다. 아무래도 그럴 수밖에 없을 터였다. 시험 보는 걸 좋아하는 사람은 없으니 말이다.

그러나 건형은 시험을 그렇게 대수롭지 않게 생각했다. 완전기억능력 덕분에 시험은 그에게 그냥 암기력 테스트와 하등 다를 게 없었다. 공부하지 않아도 전부 다 맞힐 자신이 있었다.

예전이라면 이런 건 꿈도 꾸지 못했을 일일 텐데.

지금 와서 생각해 보면 격세지감이 절로 느껴질 정도였다.

중요한 건 오늘 저녁에 있는 헨리 교수와의 만남이었다. 아마도 그는 이미 비행기에 올라탔을 터, 만나는 건 이미 기정사실화된 상태였고 중요한 건 논문을 얼마큼 도와줄 것인가에 관한 것이었다.

리만 가설은 그만큼 까다롭지만 한편으로는 악용될 여지가 적지 않다. 리만 가설을 증명할 수 있다면 현대의 암호를 해독하는 게 훨씬 더 수월해질 수 있기 때문이다.

현대 암호 체계의 안전성은 대체로 큰 자연수를 소인수분해하는 것이 어렵다는 사실과 밀접한 관련이 있긴 하다.

또한, 리만 가설이 소수에 대한 정보를 많이 담고 있는 것도 사실이다.

그렇지만 현대의 암호가 모두 무용지물이 될 수 있다는 건 괴담에 가깝다.

그래도 어느 정도 도움을 줄 수 있는 건 분명한 사실이고 수학계에 획기적인 방향을 제시해 줄 수 있는 것도 분명한 사실이었다.

건형은 강의를 들으면서 인터넷과 논문을 통해 알아본 리만 가설에 대해 계속 생각했다.

그러는 사이 어느덧 강의가 끝이 났다.

하루 강의를 마무리하고 저녁에 술을 마시러 가자고 하는 친구들에게 양해를 구한 뒤, 건형은 인천국제공항으로 향했다.

본인의 필요에 의한 것이긴 해도 이 먼 이역만리 땅까지 직접 찾아오는 손님이다.

스포츠카를 몰고 인천국제공항으로 빠르게 이동하던 도중 전화가 걸려왔다.

헨리 교수였다.

그동안 자주 대화를 하다 보니 꽤 친해져서 이젠 스스럼없이 이야기하고 있었다.

[오. 미스터 팍. 이제 인천국제공항에 도착했다네. 사람들이 꽤 많군.]

"사람들요?"

[기자들인 모양인데 어떻게 해야 하나? 지금 라운지에서 오고 가지도 못한 채 갇혀 있다네.]

건형이 머리를 감싸 쥐었다.

아무래도 자신이 직접 그를 데리고 나와야 할 듯했다. 그리고 공항 쪽에도 전화를 해서 신변보호를 요청해야 할 것 같았다.

하여간 기자들이란.

그런 생각을 하며 건형은 조금 더 속도를 냈다.

인천국제공항 앞은 이미 시끌벅적해진 상태였다.

카메라를 들고 있는 숱한 취재진들이 인산인해를 이루고 있었다.

수학계의 노벨상이나 다름없는 필즈상을 공동 수상했고 세계 수학 7대 난제 중 하나였던 푸앵카레 추측을 풀어 버린 수학계의 거성이라 할 수 있다.

그 헨리 교수가 대한민국에 직접 찾아왔다. 그리고 들리는 소문에 따르면 서울의 6성급 호텔에서 꽤 오랜 시간 장기 투숙할 예정이라고 했다.

거기에 들리는 말로는 지난 몇 년 동안 헨리 교수가 리만 가설을 증명하기 위해 노력했으며 그것에 대한 자문을 구하고자 한국에 왔다는 이야기가 있었다.

그렇기 때문에 대한민국 수학계도 잔뜩 흥분된 상태였다. 내로라하는 석학들이 헨리 교수가 자신이 소속되어 있는 대학교를 찾아주길 원했다.

헨리 교수와 대화를 나눈다는 것 자체가 그들에게는 커다란 명예가 될 수 있는 일이었으니 말이다.

대한민국에 필즈상을 수상한 사람은 여태 단 한 명도 없었기 때문이다. 수학 올림피아드 대회에 나가서 수상한 사람들이 많다는 걸 보면 그건 정말 의아하기 이를 데 없는 일이었다.

문제는 그게 바로 대한민국 교육계의 현실이기도 했다.

"만약 진짜 헨리 교수가 자문을 구하려고 왔다면 어디에 가서 물어볼까?"

"S대? Y대? K대? 아니면 T공대?"

"S대 연구동을 빌렸다고 하던데? S대 가는 거 아니야?"

각종 이야기가 기자들 사이에서 오고갔다.

그렇지만 전부 다 루머였다. 왜 헨리 교수가 한국에 온 건지 아는 사람은 극히 드물었다.

대부분 추측만 하고 있을 뿐이었다.

그때였다.

인천국제공항 정문으로 들어서는 늘씬한 스포츠카가 한 대 있었다. 그리고 그 스포츠카는 인근 주차장에 멈춰 섰다.

몇몇 기자들이 호기심에 그곳으로 눈길을 돌렸다.

"어? 저거 P사 스포츠카 아니야?"

"그러게. 되게 늘씬하게 잘 빠졌네. 내 드림카였는데 말이야."

"킥, 우리 월급에 저걸 어떻게 사. 그보다 헨리 교수는 왜 안 나오는 거야?"

"몰라. 라운지 안에 아직도 있다던데. 왜 아직도 안 나오는 건지 모르겠네."

그때였다.

건형은 스포츠카에서 내려 정문을 바라봤다.

기자들로 바글바글거렸다. 흡사 개미떼를 보는 것만 같았다.

선글라스를 낀 뒤, 건형이 정문으로 발걸음을 옮겼다. 기자들이 자신을 알아보지 못하길 바라면서 말이다.

그러나 기자들의 촉은 예민하다. 날카롭기 이를 데 없다. 스포츠카를 예의 주시하던 몇몇 기자들은 특히 눈빛을 빛내며 건형을 쳐다봤다.

키, 몸무게, 체격 등의 신체 사이즈 그리고 외양 등을 보면서 대략적으로 누군지 유추해 낼 수 있다.

C일간지 연예부 기자 조세호가 눈빛을 빛냈다. 뭐랄까 어디선가 익숙한 느낌이 났다. 평소 퀴즈쇼를 즐겨보는 그의

촉이 날카롭게 빛을 발했다.

그는 친하게 지내는 몇몇 기자들을 쿡쿡 찔러보며 물었다.

"저 사람 박건형 아니야?"

"응? 박건형? 그게 누군데?"

"아, 저번에 퀴즈쇼 우승했던 그 사람 있잖아. 상금 이십억."

"설마 그럼 헨리 교수가 자문을 구하러 온 게 그 박건형이라고?"

다들 고개를 설레설레 저었다. 말도 안 되는 이야기다. 퀴즈 대회에 우승을 했고 헨리 교수가 초청해서 학회에 참석까지 했다고 하지만 리만 가설은 차원이 다른 영역이었다.

세계 수학 7대 난제에 속하는 문제다.

수많은 수학자들이 도전했다가 좌절하고 포기하기 일쑤였다.

수학계에는 이러한 격언이 있다고 하지 않는가.

리만 가설에 도전하는 수학자 동료가 있다면 미리 그의 묘비명을 적어 두라.

그만큼 리만 가설을 증명하는 것 자체가 어려운 일이기 때문이다.

일단 기자들은 조금 더 상황을 지켜보기로 마음먹었다.

다른 이유로 인천국제공항을 방문한 것일지도 모를 일이었으니까.

그러나 냄새를 맡은 몇몇 기자들은 잽싸게 움직였다. 아무 이유도 없이 공항에 방문하는 사람은 없다. 여행을 가거나 혹은 누군가를 마중 나오거나.

그런데 들고 있는 캐리어가 없다. 그렇다는 건 일단 여행 목적은 아니라는 의미다.

물론 캐리어 없이 여행가는 경우도 있긴 하지만 상대가 헨리 교수라는 게 마음에 걸렸다.

촉이 왔다.

그렇게 몇몇 기자들이 은밀히 건형 뒤를 밟기 시작했다.

입국장 근처에 도착한 건형은 길게 한숨을 내쉬었다. 꼬리를 밟은 기자들의 인기척이 느껴졌다.

그렇지만 기호지세였다.

여기서 돌아가는 것도 어중간했다. 아무래도 강행돌파가 제격일 듯싶었다.

그는 일단 헨리 교수에게 전화를 걸었다.

얼마 뒤, 신호가 가고 헨리 교수가 전화를 받았다.

[오, 미스터 팍. 어디 있나?]

"지금 공항 안에 있습니다. 이제 나오셔도 될 거 같습니다."

[알겠네. 입국심사를 끝내고 곧장 가도록 하겠네.]

그 말이 끝나고 얼마 뒤, 기자들이 우르르 몰려들기 시작했다.

그들은 사람들이 빠져나오는 입국장 주변을 둘러싸고 카메라를 들이밀었다. 후레쉬 세례가 벌써부터 사방에서 터지고 있었다. 평범한 시민들은 어떤 귀빈이 오나 하는 생각에 고개를 기웃거리고 있었다.

그때, 백금발의 노신사가 입국장을 빠져나왔다.

어떤 기자 한 명이 재빠르게 달려가서 마이크를 들이밀었다.

"헨리 교수님, 반갑습니다. 한국에 오셨는데 어떤 이유로 오셨는지 듣고 싶습니다."

그러나 헨리 교수가 채 대답하기도 전에 공항 경비원들이 헨리 교수를 둘러싸았다. 그리고 건형이 헨리 교수에게 다가갔다. 그를 저지하려던 공항 경비대원들은 헨리 교수가 먼저 다가가 포옹을 하는 모습을 보며 머뭇거렸다.

그때, 후레쉬 세례가 다시 한 번 폭발적으로 뿜어졌다.

"뭐야? 박건형 만나려고 한국 온 거였어?"

"대박. 설마 자문을 구하려고 하는 게 박건형이었단 말이야?"

"학회에서 별거 없었다던데? 이게 어떻게 된 거야?"

기자들과 리포터들은 어떻게든 두 사람에게 다가가려 했다.

그러나 공항에서 긴급히 더 보낸 경비원들이 그 주변을 가로막았다. 그러고도 사람 수가 모자라자 이번에는 경찰까지 동원됐다.

윗선의 지시였다.

헨리 교수가 다칠 수도 있다는 판단에서였다.

세계적인 수학자 헨리 교수가 낯선 이국땅에 왔다가 공항에서 기자들 때문에 다치기라도 한다면 개망신도 이런 개망신이 따로 없기 때문에 어떻게든 안전을 최우선시해야만 했다.

게다가 최근 잇단 사고로 인해 정국이 흉흉한 상황이었다. 안전 불감증이 사방에 퍼져 있다는 이야기가 나오는 판국인데 조심 또 조심하는 게 최선이었다.

그렇게 경찰과 공항 경비원들이 삼엄하게 지키는 가운데 건형과 헨리 교수는 주차장으로 발걸음을 옮겼다.

그동안 헨리 교수는 계속해서 이야기를 늘어놓는 걸 주저하지 않았다. 라운지에서 혼자 기다리느라 꽤 심심했던 모양이었다.

"그래서 말이야 내가 한국으로 온다고 하니까 마이클이 그렇게 서운해하더군."

"그럴 만합니다. 마이클 교수님이야말로 헨리 교수님의 수제자가 아닙니까?"

"수제자라…… 그야 그렇지만 경우가 다르지. 그 녀석은 조금 더 성장해야 돼."

마이클 로얀도 헨리 교수에 가려져서 그렇지 꽤 유명한 학자였다. 장래가 촉망되는 학자 중 한 명으로 수학계에 거론되고 있는 몇몇 논문 같은 경우 그 가치가 인정받고 있는 중이었다.

헨리 교수의 후배이지만 어떻게 보면 사제관계라고 볼 수 있을 만큼 두 사람은 상당히 각별했는데 헨리 교수가 이번에 한국행 비행기를 타면서 약간 소원해진 모양이었다.

건형은 어렴풋이나마 왜 마이클 교수가 그랬는지 추측할 수 있을 것 같았다.

"그러면 슬슬 이야기해 주시죠. 논문 집필을 도와 달라고 하셨는데 설마 리만 가설에 관한 것입니까?"

"그건 가면서 이야기하도록 하지. 저녁은 먹었나? 아직 저녁을 먹지 않았다면 내 친구가 하고 있는 레스토랑으로 가는 건 어떻겠나?"

"저야 괜찮습니다. 그렇게 하죠."

건형은 순순히 고개를 끄덕였다. 하긴 저녁을 먹지 않고 곧장 공항으로 온 것이라 슬슬 허기지고 있던 것도 사실이었다.

주차장에 도착한 건형이 스포츠카에 올라탔다. 옆 좌석에 앉은 헨리 교수가 놀란 얼굴로 건형을 보며 물었다.

"오, 좋은 차를 모는군."

"제 드림카였죠. 그보다 어디로 가면 되죠?"

"청담동이라고 하는 거 같던데 기다려 보게. 한번 전화해 보도록 하지."

일단 서울인 건 분명할 터. 건형은 시동을 켰다. 그리고 떠나기 전 수고해 준 공항 경비원들과 경찰들에게 감사 인사를 한 뒤 서울로 빠르게 차를 몰아가기 시작했다.

그 장면을 카메라에 담던 기자들과 리포터들은 빠르게 이것을 특종으로 내보낼 준비를 하기 시작했다.

그들에게 있어서 가장 중요한 건 속도 그리고 화제성이었다.

또, 그것을 위해서라면 제대로 파악되지 않은 사실이라도 상관없었다.

스포츠카를 몰고 가던 건형은 헨리 교수가 친구하고 나누는 대화를 들었다. 두 사람은 프랑스어로 대화를 주고받고 있었다.

이야기를 듣던 도중 대략적인 위치가 나왔다.

청담동에 위치한 한 고급 프랑스 레스토랑이었다.

그가 전화를 끊고 말하려 할 때 건형이 웃으며 입을 열었다.

"그분께서 운영하시는 레스토랑 이름이 팔레 드 고몽인가 보군요."

"어? 알고 있는 곳인가?"

"예. 어떤 곳인지는 알고 있죠."

웬만한 지리적인 정보는 다 꿰고 있는 건형이다.

서울의 지리는 빠삭하게 알고 있다고 봐도 무방하다.

"그럼 그곳으로 가주게. 저녁은 내가 대접함세."

"잘 얻어먹도록 하겠습니다."

건형히 환하게 웃어 보였다.

헨리 교수도 그 모습을 보며 미소를 그렸다.

팔레 드 고몽은 청담동에 위치한 클래식한 프렌치 레스토랑이다. 15년이라는 세월이 깊숙이 자리하고 있는 이곳은 웅장한 입구부터 시작해서 전체적인 모습 자체가 대단히 수려하기 이를 데 없는 곳이다.

프랑스 본토 미식가 협회의 회장이 미슐랭 스타의 가치가 충분하다는 평가를 했을 정도로 프랑스 언론에도 소개되었으며 국내보다는 해외 유수의 권위 있는 인사들이 즐겨 찾는 곳이기도 했다.

팔레 드 고몽에 도착한 두 사람은 근처에 차를 세워 둔 다음 안으로 들어섰다. 웅장하되 세월이 들어 보이는 외관을 뒤로하고 테이블에 가까이 다가가자 화려하고 고풍스러우며 호사스럽기까지한 세팅이 눈에 들어왔다.

헨리 교수가 왔다는 말이 주방 안까지 들린 것일까.

사십 대 중반으로 보이는 중년인이 황급히 걸어 나오는 모습이 보였다. 그는 헨리 교수를 보더니 금세 환하게 웃어 보이며 반가움을 드러냈다.

"하하, 헨리! 오랜만일세. 그동안 잘 지냈나? 자네가 한국에 온다는 소문은 들었는데 이렇게 와줄 줄은 몰랐네."

"당연한 거 아닌가? 자네가 해 주는 요리를 먹고 싶어 입이 근질근질거렸다네."

"조금만 기다리게. 근사한 요리를 해 오지. 그보다 옆에 계신 분은?"

"아, 이번에 이 청년한테 자문을 구하고자 직접 오게 됐다네. 미스터 팍이라고 정말 기대가 크네."

사십대 중반의 중년인이 미소를 지으며 손을 건넸다.

"반갑습니다. 저는 안형민이라고 합니다. 헨리의 오랜 친구죠."

"처음 뵙겠습니다. 박건형이라고 합니다."

건형도 정중하게 인사를 건넸다. 그 이름을 듣고 얼굴을 쳐다보던 안형민이 눈을 휘둥그레 떴다.

"오, 그분이군요. 퀴즈쇼에 나와서 화제가 됐던! 이거 유명인이 찾아와 주셔서 기쁩니다. 있다가 시간되시면 싸인이나 한 장 남겨주십시오. 하하."

유쾌하고 밝은 사람이었다.

건형이 웃으며 입을 열었다.

"언제든지 그렇게 하도록 하죠."

"그보다 헨리가 이렇게까지 칭찬을 하는 사람은 드물었는데…… 여하튼 곧 맛있는 요리를 해 다 드리지요."

주방으로 돌아간 안형민을 보며 건형이 헨리 교수에게 물었다.

"예전에도 와 본 적이 있으신가 보네요?"

"하하, 몇 년 전에 일본에 방문할 일이 있었지. 그리고 당시에 아는 친구의 추천에 한 프랑스 레스토랑을 갔는데 정말 맛있더군. 그 후 서로 친하게 지내기 시작했지. 그게 가만히 있어 보자. 벌써 팔 년 전의 일이군."

팔 년 전이면 헨리 교수가 필즈상을 수상했을 그 시기다. 푸앵카레 추측을 밝혀내며 알렉산더 페렐만과 필즈상을 공동수상했던 그 시기.

그렇다면 지금 헨리 교수가 이야기하고 있는 그 친구는 알렉산더 페렐만일 가능성이 높았다.

"그 레스토랑을 추천해 주신 분이 알렉산더 페렐만 교수님인가요?"

"그렇지. 알렉산더. 지금은 모스크바 대학교에 교수로 있지. 종종 연락을 하곤 하는데 요새 들어 바쁜지 도통 연락이 없더군. 매번 내가 먼저 연락을 해야 하는 사람이지. 쯧쯧."

그렇게 대화를 나눌 무렵 애피타이저가 먼저 나오기 시작했다.

고급스러운 접시에 담겨져 나온 건 광어 지느러미살로 만든 타르트였다. 고추냉이 크림과 토마토가 곁들어져 있었다.

그 이후에 식전 빵이 나오고 어뮤즈 부쉬 몇 가지가 차례대로 나왔다.

그렇게 애피타이저가 나오고 이후 메인 메뉴가 등장했다.

"이베리코 흑돼지 목살 구이입니다. 취나물, 마늘 꽁피, 대파를 곁들인 흑마늘 소스로 맛을 더했습니다."

건형은 나이프로 작게 잘라 맛을 봤다.

확실히 맛있었다. 살짝 베어 물었는데 어느새 혀를 타고 녹아내리고 있었다.

헨리 교수가 호탕하게 웃으며 말했다.

"정말 훌륭하군. 자네 솜씨는 여전히 변함이 없어."

"하하, 어떻게 입맛에 맞으십니까?"

"물론입니다. 정말 맛있습니다."

건형은 곧장 고개를 끄덕였다. 어디서 쉽게 볼 수 있는 그런 흔한 맛이 아니었다.

그렇게 애피타이저를 즐기고 메인 메뉴를 먹는 사이 문득 생각나는 사람이 두 명 있었다.

한 명은 어머니고 다른 한 명은 지현이었다.

언제 시간이 난다면 두 사람을 데려오는 것도 나쁘지 않을 것 같았다. 그 모습을 지켜보던 헨리 교수가 음흉한 눈빛을 지어 보이며 물었다.

"여자친구 생각이라도 하나?"

"아, 아닙니다."

"하하, 당황한 걸 보니 맞는 모양이군. 이 시대 최고의 천재를 연인으로 두고 있는 아가씨는 누구인가?"

"글쎄요. 그보다 슬슬 어떤 논문 때문에 오신 것인지 말씀해 주시죠."

스포츠카에 타서 여기까지 오는 동안 헨리 교수는 말을 아꼈다. 스포츠카에서 곧장 이야기해 줄 줄 알았는데 극도로 주의를 기울이는 모습이었다.

건형이 헨리 교수를 바라봤다.

어느덧 주변 테이블은 다 비워져 있었고 손님 대부분 자리를 비운 상태였다.

음식을 먹으며 대화를 나누는 동안 시간이 꽤 지난 뒤였다.

레스토랑도 한산했다.

조용한 가운데 헨리 교수가 나지막한 목소리로 입을 열었다.

"내가 이곳에 온 이유는 리만 가설을 증명하기 위함이

네."

낮고 굵은 목소리. 확고한 의지가 담겨 있다.

건형이 그를 바라봤다. 그리고 차분한 목소리로 말을 꺼냈다.

"알다시피 리만 가설은 몇십 년 넘게 증명되지 않고 있는 난제입니다. 물론 교수님이 푸앵카레 추측을 증명하신 건 사실이지만 리만 가설은 그와 괴리를 달리한다고 봅니다. 제가 어떤 도움을 줄 수 있을지도 솔직히 모르겠고요."

"……자네의 가치를 과소평가하지 말게. 자네는 충분히 나를 뛰어넘을 자질을 갖추고 있어."

"아마 그건 아닐 겁니다."

건형이 고개를 저어보였다. 지식의 양에 있어서 상대적으로 건형이 헨리 교수보다 더 많을지는 모른다.

그러나 그 깊이와 경험에서 건형은 상대가 되지 않는다.

물론 건형이 본격적으로 이 분야를 공부하기 시작한다면 단기간에 헨리 교수를 뛰어넘는 성과를 기록할 수 있을지도 모른다.

여기서 문제는 건형이 그럴 생각을 하고 있지 않다는 데 있다.

건형은 수학자가 될 생각이 없었으니까.

"어쨌든 오셨으니까 제 능력이 닿는 한 최대한으로 도와드리겠습니다. 다만 리만 가설을 증명하는 일이 가능할지는 걱정입니다."

"자네를 믿겠네."

후식으로 나온 생강 수플레를 먹으며 헨리 교수가 입가에 미소를 그렸다.

그 미소를 보며 건형은 무언가 단단히 꼬였다는 생각을 할 수밖에 없었다.

한편 건형이 헨리 교수와 함께 인천국제공항에서 만난 일은 대대적으로 언론에 보도가 됐다.

'수학계의 거장, 필즈상의 수상자 한국에 오다!'

'헨리 교수가 만난 건 퀴즈의 신 박건형!'

'리만 가설을 증명할 수 있을 것인가!'

등 자극적인 기사들이 쏟아졌다.

기자들의 초점이 맞춰진 건 '리만 가설'의 증명이었다.

수학계의 7대 난제 중 하나를 증명해 낸 바 있는 헨리 잭슨 교수다. 리만 가설을 증명할 수 있을지도 모를 일이다. 그 역사적인 현장에 한국인이 당당히 이름을 내걸 수 있을지도 모를 일이다. 당연히 흥분될 수밖에 없는 상황이었다.

덩달아 난리가 난 건 대한민국 학계였다.

많은 수학자들이 너도나도 할 것 없이 어떻게든 헨리 교수와 접점을 만들어 보고자 안달이 났다.

처음 헨리 잭슨 교수가 한국에 온다는 말을 들었을 때만 해도 자신을 만나러 오는 게 아니겠는가 라는 설레발을 치는 학자들이 제법 많았다.

그렇지만 헨리 교수가 정작 선택한 건 Y대학교의 학부생에 불과한 박건형이었다. 그리고 들어 보니 수학과 학생도 아니고 인문학, 법학과를 다니고 있는 학생이었다.

당연히 쪽이 팔릴 수밖에 없었다.

얼마나 이 바닥에 인재가 없으면 법학과 학생을 만나러 오겠느냐, 라는 이야기가 떠들썩하게 돌고 있었다.

그렇다 보니 너도나도 인맥을 동원해서 어떻게든 헨리 교수와 끈을 만들어 두고자 하고 있었다.

그러다가 얻어 걸려서 논문에 자기 이름 석 자 은근슬쩍 들어가면 그보다 더 좋을 일은 없는 것이고 말이다.

헨리 교수를 호텔로 데려다 준 뒤 집으로 돌아오던 건형도 여러 군데에서 전화를 받았다. 그중 제일 먼저 전화를 해 온 곳은 다름 아닌 Y대학교 총장실이었다.

[커험, 혹시 박건형 학생 휴대폰이 맞는가?]

"그렇습니다. 누구시죠?"

[Y대학교 총장실이라네. 총장님께서 자네하고 통화를 하고 싶다고 하시는데 괜찮겠나?]

정중한 목소리다.

딱히 거절하기도 애매했다.

"알겠습니다. 바꿔 주시죠."

잠시 뒤, 약간 나이가 있어 보이는 사람이 전화를 받았다.

[반갑네. 정순철이라고 하네.]

명실상부한 Y대학교 최고의 권력자가 직접 전화를 걸었다?

건형은 그가 어쩐 이유로 전화를 건 것인지 짐작할 수 있을 것 같았다.

딱 봐도 뻔해 보였다.

헨리 교수의 일 때문에 전화를 한 게 분명했다.

그래서 건형이 먼저 치고 나갔다.

"헨리 교수님 일로 전화를 하신 거라면 제가 드릴 말은 없습니다. 어떻게 할 수 있는 것도 없고요."

[크흠, 젊은 친구가 성격이 급하구먼. 헨리 교수가 자네를 만나러 한국에 방문했다지?]

"예, 그렇습니다."

[그러면 하버드 대학교하고 우리 학교의 교류를 위해서라도 언제 한번 헨리 교수님을 초빙해 주는 건 어떻겠는가?]

"초빙이라고요?"

[그래, 강연 같은 걸 한번 해 줬으면 싶은데. 자네가 헨리 교수를 설득할 수 없겠나?]

설득하는 건 어렵지 않은 일이다.

그러나 인생에 공짜는 없다.

언제나 대가를 치러야 하고 여기서 대가는 리만 가설을 증명하는 논문을 도와주는 것이 될 가능성이 높았다.

아니, 백 퍼센트 그렇게 될 것이다.

그럴 바에는 거절하는 게 편하다.

"죄송합니다. 그건 어려울 거 같습니다."

[허허, 자네가 어느 대학교를 다니나? 우리 Y대학교 아닌가? 학교의 명예를 위해서라도 부탁하네.]

"그건 헨리 교수님한테 직접 물어보는 게 더 나을 거 같군요. 제가 설득한다고 한들 교수님께서 받아들이시지 않을 게 분명합니다."

건형은 확실히 맺은 다음 전화를 끊었다.

끊는 동안 수화기 너머로 수군거리는 소리가 들리는 것

같았지만 그는 그것을 깔끔하게 무시했다. 귀찮은 일에 휘말리는 것보다는 이게 더 나았다.

그렇게 연락을 끊고 다시 운전을 하고 집으로 돌아올 때였다. 또다시 전화가 왔다.

총장실에서 연락이 온 건가 하는 생각에 이번에는 전화를 받자마자 신경질적인 어조로 소리쳤다.

"됐습니다! 헨리 교수님한테 그런 부탁을 하는 일은 없……."

[무슨 일 있어?]

건형은 블루투스를 종료시키고 액정을 확인했다. 전화를 건 사람이 누군지 확인해 보기 위해서였다. 전화를 건 건 다름 아닌 지혁이었다.

"아, 미안해요. 귀찮은 전화가 걸려 와서……."

[목소리가 꽤 신경질적이더라. 헨리 교수 때문에 그런 거야?]

"헨리 교수도 그렇고 그 때문에 연락 오는 것도 그렇고. 골치 아프게 만드네요. 가뜩이나 시간 없는데 뭐 이렇게 사람 귀찮게 하는 건지."

[그럴 수밖에 없지. 헨리 교수라면 그럴 수 있어.]

"헨리 교수에 대해 잘 아세요?"

[당연하지. 수학계에서는 확고부동한 원톱이라고 할 수 있거든. 알렉산더 페렐만 교수가 실종되고 나서는 명실상부한 최고의 권위자가 됐다고 봐야겠지.]

"알렉산더 교수가 실종됐다고요?"

[응. 아직 언론에 밝혀진 건 아니야. 나도 이 정보를 구한 게 사흘 전이니까. GRU(러시아 총정보국)에서 알아낸 거니까 아마 맞을 거야.]

"정보 열람 등급은 어떻게 됐었어요?"

[특급이었지. 아무래도 납치당한 거 같은데 사실로 드러나면 러시아에서 가만히 있진 않을 거야. 미국에 헨리 잭슨이 있다면 러시아에는 알렉산더 페렐만이 있다는 말이 괜히 있는 게 아니었으니까.]

"여하튼 고마워요. 그보다 어쩐 일로 전화하셨던 거예요?"

[헨리 잭슨 교수가 원하는 게 리만 가설을 증명하는 거 맞지?]

단도직입적인 말에 잠시 멈칫한 건형이 이내 대답했다.

"예, 맞아요. 제가 그 증명을 도와주길 원하고 있어요."

[만약에 네가 돕는다고 하면 어떨 거 같아? 도울 수 있을 거 같아?]

"······글쎄요."

[사실대로 말해 줘. 그게 가장 중요하니까.]

꽤나 오랜 시간 고민하던 건형이 차분한 목소리로 말했다.

"가능할 수도 있어요."

완전기억능력은 정말 무서운 능력이다.

단순히 기억만 하는 게 아니라 그 기억을 가지고 응용까지 해낼 수 있기 때문이다. 그런 탓에 남들이 수 년에서 수십 년 동안 연구해야 할 것을 단 며칠에서 몇 주 안에 습득할 수 있게 된다.

건형이 자신만만해하는 것도 이것 때문이다.

현재 그의 학습속도는 무시무시한 상태, 마음만 먹는다면 리만 가설 그리고 그와 관련 있는 분야까지 단기간에 익힐 수 있게 될 터였다.

그렇지만 건형은 리만 가설을 증명하는 부분에 있어서 고민을 갖고 있었다.

헨리 잭슨 교수를 도와주는 건 문제 되지 않는다.

다만, 이 불가사의한 능력으로 도와줬다가 더 큰 문제가 일어나는 게 염려될 뿐이었다. 이런 것들이 악용된다면 그것만으로도 문제 될 수 있었다.

[나쁘지 않네. 그러면 도와줘.]

"예?"

하지만, 지혁은 건형이 도와주길 원하는 모양이었다.

건형은 지혁의 의도를 알 수 없었다.

도대체 무슨 생각으로 저런 말을 하는 건지 궁금했다.

"무슨 생각이에요? 너무 위험한 거 아니에요?"

[그럴지도 모르지. 그렇지만 언젠간 다 파헤쳐질 거야. 그럴 바에는 이 기회에 네 이름값을 높여 두는 게 더 좋을지도 모르지.]

"제 이름값을요?"

[그래. 네가 노리는 건 더 높은 목표잖아. 그러려면 사회적인 명성도 필요해. 헨리 교수와의 협업은 여러모로 도움이 될 수 있지.]

지혁의 조언은 적절했다.

건형의 목표는 이제 더 넓은 것을 바라보고 있었다.

지혁과 손을 잡기로 한 뒤 그것이 더 심화됐다.

단순히 주변 사람들만을 챙기는 것을 넘어서서 이제는 조금 더 넓게 바라볼 때가 되었으니까.

이건 사람이라면 누구나 생각해 볼 법한 문제이기도 했다.

자신에게 능력이 있는데 그 능력을 사용하지 않으려 할까?

그렇지는 않을 것이다.

누구나 그 능력을 사용해서 무언가 이름을 남기는 일을 하고자 할 것이다.

건형도 마찬가지였다. 그것이 많은 사람들에게 도움이 될 수 있다면 더할 나위 없이 좋은 일일 터였다.

"생각해 볼게요."

고민할 거리가 더 생겼다.

건형은 도로변에 댔던 차에 다시 시동을 걸었다.

집으로 돌아오며 그는 여러 생각을 거듭했다.

자신에게 최선의 길이 무엇일지 그것을 계속해서 고민하기에 여념이 없었다. 그리고 그것은 앞으로 영원히 계속될 고민이기도 했다.

Chapter. 04

이튿날 건형은 일단 학교로 향했다.

강의가 있어서였다.

학교에 도착한 건형은 무언가 기류가 이상하다는 걸 느꼈다. 지나다니는 학생들이 자신을 계속해서 힐끔거리고 있었다.

'무슨 일이라도 있나?'

머리가 아파왔다. 어젯밤에도 잠을 설쳐가며 헨리 교수와의 일을 생각했다.

사실 리만 가설을 증명한다고 해도 드라마에서 나오는 그런 비현실적인 일은 생기지 않았다.

하루가 다르게 전산망은 복잡해져 가고 있고 그것을 해킹하는 건 대단히 어려운 일이다.

더군다나 은행망을 뚫는다고? 그건 말이 안 되는 소리다.

리만 가설을 증명한다고 해도 불가능한 이야기.

어느 정도 도움이 될 수 있긴 하겠지만 그 수식을 프로그램화하는 것도 쉽지 않은 일이 될 것이다.

헨리 교수나 자신 둘 중 한 명의 도움을 필요로 할 테니까.

그러나 건형이 우려하는 건 그게 아니었다. 그 이후 쏟아질 수많은 관심 그리고 질시 등이 불편했을 뿐이다.

어쨌든 조금 더 고민해 볼 생각이었다.

강의실에 도착한 건형은 비어 있는 자리들 중 뒤쪽 자리에 가서 앉았다.

학교 강의는 사실상 그에게 무의미했다. 공부하지 않고서도 모든 강의를 A+ 받을 자신이 있었다. 눈치가 보이기 때문에 적당히 공부하고 있는 것이었다.

갑자기 이렇게 잘해 버리면 다른 사람이 의심할 게 뻔한 일이니 말이다.

이런저런 잡생각을 하고 있을 때였다.

같이 강의를 듣는 동기 녀석 중 한 명이 도착했다.

건형 옆에 재빠르게 앉은 녀석은 대뜸 이상한 이야기를 꺼냈다.

"야, 너 소문 들었어?"

"무슨 소문?"

건형이 의아한 얼굴로 그를 쳐다봤다.

그 말에 그가 고개를 갸우뚱하며 말끝을 흐렸다.

"나는 너도 알 줄 알았는데……."

"무슨 일인데?"

망설이던 그가 조심스럽게 입을 열었다.

"오늘 오후에 헨리 교수 강연회가 있다던데?"

"뭐? 헨리 교수가 강연회를 한다고?"

"응. 그래서 교내가 떠들썩해. S대학교나 K대학교 다 냅두고 우리 학교에서 강연한다는 것 자체가 너 때문에 그런 거 아니냐고."

"그거 어디서 확인할 수 있어?"

"학교 홈페이지 공지사항에 떠 있던데?"

건형은 휴대폰으로 학교 홈페이지 접속했다.

몇 차례 새로 고침을 해야 할 만큼 홈페이지 접속이 어려웠다. 사람들이 그만큼 많이 몰리고 있다는 뜻이었다.

한참 뒤에 학교 홈페이지가 접속이 됐다.

그리고 공지사항을 확인해 보니 동기 녀석의 말이 맞았다.

홈페이지 공지사항에 보란 듯이 '수학계의 거장 헨리 잭슨 교수, 오후 3시에 대강당에서 강연회.' 라고 적혀 있었다.

이미 강연 일정을 잡아 뒀다는 의미였다.

그는 가방을 내려두고 강의실을 나와 헨리 교수한테 전화를 걸었다.

얼마 지나지 않아 신호가 잡히고 헨리 교수가 전화를 받았다.

[미스터 팍. 이른 아침부터 어쩐 일인가?]

"오늘 Y대학교에서 강연을 하신다는 게 사실이십니까?"

[하하, 그렇게 됐네.]

"어쩌다가 강연을 하시게 된 거죠?"

[자네 학교 총장이 계속해서 부탁을 하더군. 그래서 어쩔 수 없이 수락하고 말았다네.]

"헨리 교수님! 그랬다가 다른 대학교에서도 강연을 요청하면 어떻게 하려고 그러십니까?"

[특별 대우일세. 자네 학교니까 강연을 하기로 한 거지 다른 학교라면 어림도 없지. 그러니까 꼭 도와줘야만 하네.]

건형이 머리를 감싸 쥐었다.

설마하니 이런 의도로 강연을 하는 건 아니겠지, 라고 생각했는데 자신의 생각이 짧았던 모양이었다. 헨리 교수는 어쩔 때

보면 약간의 치기가 있었다.

"강연하신다고 해도 제가 도울 일은 없을 겁니다."

[정말인가? 크흠, 이거 아쉬운데? 그래도 어쩌겠나. 약속은 했으니 강연은 하는 수밖에.]

"아니, 저한테 미리 이야기라도 해 주시지 그러셨습니까?"

[자네가 자고 있을 거 같아서 연락할 시간이 없었다네. 여하튼 있다가 대강당에서 보세나.]

"제가 그곳을 왜 갑니까?"

[응? 총장이 자네를 어떻게든 데려가겠다고 하던데? 자네하고 나눌 대화가 많으니 무조건 참석해 주게나.]

고집 있는 학자의 말에 건형이 한숨을 푹 내쉬었다.

[그럼 먼저 끊겠네. 약속이 있어서.]

"잠깐만요. 교수님."

[응? 무슨 일이 있나?]

"제가 도와야 할 게 무엇입니까?"

[내 논문에 틀린 게 없는지 확인해 주는 것이라네. 더불어 더 좋은 증명 방법이 있다면 알려줘도 좋고.]

"제가 그 정도 능력이 될 거라고 확신하십니까?"

[마이클의 논문을 보고 그렇게 정확하면서 빠른 속도로 문제점을 포착해 내는 걸 보고 확신할 수 있었다네. 어째서 자네

가 자신의 실력을 과소평가하는 건지는 알 수 없지만 자네는 나보다 더 뛰어난 수학자가 될 가능성이 충분히 있다네. 내가 봐 온 수많은 젊은 천재들 중에서 자네가 으뜸이거든.]

한없는 칭찬에 전화로 듣는 것인데도 불구하고 얼굴이 붉게 달아올랐다.

"하는 수 없네요. 일단 있다가 강연 시간 때 뵙도록 하겠습니다."

[부탁하네. 한 삼십 분 일찍 와 주게나.]

"삼십 분이나요? 무슨 이유라도 있나요?"

[하하, 별거 아닌 사소한 부탁 때문이라네. 그럼 있다가 보세.]

전화가 끝났다.

어쩔 수 없이 가 볼 수밖에 없을 듯했다.

그러는 사이 슬슬 시간이 지났고 강의가 시작됐다.

이번에도 출석을 부를 때 주변 사람들의 따가운 눈총을 받았고 교수님이 직접 헨리 교수의 강연에 대해 언급하기까지 했다.

각종 포탈 사이트 뉴스란에 도배가 되다시피 글이 올라오고 있었으니 이젠 누구라도 알 법한 일이었다.

또, 메인에 뜬 뉴스가 대놓고 헨리 교수가 자신 때문에 강연하기로 결정했다는 이야기를 실으면서 졸지에 자신의 이름이 실시간 검색어에 떠 버린 상황이었다.

건형으로서는 빼도 박도 못하는 상황이 되어 버렸다고 할 수 있었다.

'에휴, 내 팔자야.'

다른 사람들은 최고의 행운이라고 생각할지도 모를 그런 일을 건형은 고달프게 생각하고 있었다.

강의가 끝나고 점심을 먹고 난 뒤 건형은 대강당으로 향했다.

대강당에는 이미 학교의 고위인사들이 죄다 모여 있었다.

건형이 들어서자 총장을 비롯한 이사진들과 몇몇 교수가 그에게 몰려들었다.

총장이 그들 대표로 인사를 건넸다.

"하하, 박건형 군! 자네 덕분에 우리 학교 처신이 섰네."

"저는 한 게 없습니다."

"박 군 때문에 헨리 교수님께서 강연회를 맡아주는 거라고 하더군. 박 군이 헨리 교수님 논문 쓰는 걸 도와주기로 했다면서? 우리 학교의 홍복이나 다름없어. 하하."

건형이 인상을 살짝 찡그렸다. 헨리 교수가 괜한 말을 한 모양이었다. 그렇다고 이미 오후 세 시로 잡힌 강연회를 그만 두라고 할 수도 없는 노릇이었다.

"헨리 교수님은 어디에 계시죠?"

"아, 저, 저기 대기실에서 쉬고 계신다네. 안내해 줄까?"

"아닙니다. 제가 직접 찾아가 보겠습니다."

자연스럽게 목소리 톤이 올라갔다.

건형이 휑하니 사라지자 남은 자리에는 찬바람만이 남았다.

총장이 그런 건형 뒷모습을 쳐다보며 혀를 찼다.

"요새 어린애들은 하나같이 배워 먹질 못해서 그런가? 쯧쯧, 에잉, 가자고. 있다가 저녁 때 술이나 한 잔 하고. 언론사한테는 다 뿌린 거지?"

"예. 못해도 다섯 군데에서 취재를 오겠답니다. 정론지는 물론이고 시사, 가십거리를 다루는 일간지 쪽에서도 오려 하는 거 같습니다."

"기자들 오면 우리 학교 홍보를 팍팍 하란 말이야. 알겠어? 가뜩이나 요새 K대 녀석들이 치고 올라와서 골치 아픈 마당에 이런 것으로라도 인지도를 최대한 올려둬야 하지 않겠어? 특히 요새 취업 관련 일로 이공계 인지도가 부쩍 높아진 상황이니 말이야."

"물론입니다."

"그럼 다들 가봅시다."

총장이 이사들과 자신을 따르는 대학교수들을 대동한 채 자리를 떠났다.

그러는 동안 건형은 헨리 교수를 만나고 있었다.

"헨리 교수님, 저한테 말도 없이 이러실 수 있는 겁니까?"

"커험, 미스터 팍. 진정하고 일단 앉아보게."

"아니, 진정하고 말고가 아니라. 어떻게 저한테는 한 마디 상의도 없이 일을 이렇게 진행하실 수 있는 거죠?"

"내가 아끼는 후배가 조언해 준 것이었다네."

"마이클 교수님 말인가요?"

"아니, 마이클 말고 제인이 그렇게 조언해 줬다네."

건형이 제인 교수를 떠올렸다.

그날 헨리 교수를 만나러 미국에 갔을 때 만났던 늘씬한 체구의 금발 여교수가 바로 제인이다. 키도 크고 늘씬한데다가 성격도 쾌활하고.

그뿐만 아니라 마이클 교수가 은근슬쩍 마음에 담아두고 있는 것 같기도 했었다.

정작 제인 교수는 그것을 모르는 듯했지만.

"내가 미스터 팍을 어떻게 설득해야 할지 모르겠다고 하니까 제인이 나보고 이렇게 하라고 추천해 주더군."

"제인 교수님이요?"

"그래, 자네 성격에 그렇게 하면 차마 강연회를 물리지도 못할 테고 어쩔 수 없이 논문에 도움을 줄 것이라고 하더군."

"하아……."

생각 외의 일이었다.

제인 교수가 그런 조언을 해 줄 줄이야.

"아, 그리고 이 말을 전해 달라고 하더군."

"예? 무슨 말이죠?"

"마이클 교수가 자신에게 호감을 품고 있는 걸 알고 있다고 말이야. 그런데 마이클 그 녀석이 제인한테 관심이 있었나?"

"……."

건형은 벙 찐 얼굴로 헨리를 쳐다봤다.

아무래도 제인에 대한 자신의 판단을 전폭적으로 수정할 수밖에 없을 듯했다.

어쨌든 건형은 두 손 다 들 수밖에 없었다.

"휴, 알았습니다. 논문을 쓰는데 도움을 드리도록 하죠. 그 대신 한 가지 조건이 있습니다."

"무엇인가?"

"앞으로는 이런 일 없도록 해 주셨으면 합니다. 이번에 제가 교수님 논문에 자문을 해 주게 된다면 많은 사람들이 저를 경계할 게 분명합니다. 교수님도 아시겠지만 그럴 경우 저는 어느 한편을 선택해야 합니다. 그러면 필연적으로 저는 위험해질 수밖에 없을 테고요."

"으음……."

틀린 말이 아니다.

인재는 어느 나라에서든 탐을 낸다.

회유할 수 있다면 최대한 회유하지만 회유할 수 없다고 판단되면 가차 없이 제거해버리기도 한다.

이미 각국 정보부에서는 건형을 주요 타깃으로 삼아뒀다.

퀴즈쇼에서 1등을 차지한 건 사실 그들에게 크게 의미없는 일이었다.

그렇지만 건형이 학술 논문 사이트에 들어가서 마이클이 쓴 논문을 얼마 되지 않아 바로 수정하면서부터 상황은 바뀌었다.

각국 정보국은 그에게 호기심을 드러냈다.

물론 이때만 해도 단순한 '호기심'에 지나지 않았다.

그러나 시간이 지나고 상황이 또 바뀌었다.

그것은 바둑 사이트에서 건형이 저지른 행동 때문이다.

연습 대국이 끝난 뒤, 순식간에 중국의 기라성 같은 바둑 프로선수들을 대파한 그 신비의 고수가 학술 논문 사이트에서 추후 최고의 학자로 자리매김할 것으로 손꼽히는 마이클 교수를 비롯한 여러 교수의 논문을 수정한 사람과 동일인물이라는 것을 파악한 이후다.

그때부터 각국 정보부는 발 빠르게 움직였다. 그리고 건형에 대한 모든 정보를 모으기 시작했다.

후에 건형이 미국 비자(O1)를 발 빠르게 발급받을 수 있던 것도 헨리 교수가 힘을 쓴 것도 있지만 미국 국무부에서 미국 정보부 CIA를 통해 정보를 건네받은 덕분이다.

그러다가 미국 학회에서 건형이 빼어난 모습을 보여 주고 암 환자에게 용기를 불어넣어 주면서 그에 대한 가치도 덩달아 올라가게 되었다.

참고로 헨리 교수의 보안레벨은 현재 4다.

"알겠네. 앞으로는 최대한 주의를 기울이도록 하지. 그보다 혹시 자네 이민할 생각은 없나?"

"예? 이민이요?"

"그래. 자네 같은 젊은이면 더 넓은 무대에서 자신의 뜻을 이루는 게 낫지 않을까 생각해서 말해 보는 거네."

"기왕이면 그 무대가 미국이었으면 하는 거군요."

"크흠, 속내를 들켰군. 자네가 미국에 왔을 때부터 내심 탐이 났다네. 솔직히 말하면 내 제자로 들이고 싶었지. 그러나 지금은 아니네. 제자가 아니라 동등한 친구로 함께 일해 보고 싶네."

"저하고 교수님 나이차이가……."

"학문에 나이 차이는 중요한 게 아니라는 걸 잘 알지 않는가? 알렉산더 페렐만 이후 진짜 친구를 사귀어본 적이 드물었는데…… 정말 기쁘기 이를 데 없군."

그는 진지해 보였다. 아니, 진지했다.

건형은 순간 당황했다. 이 말을 어떻게 해석해야 할까.

그렇지만 그는 머리로 생각하는 것은 그만뒀다.

여기서 중요한 건 그의 마음이다.

그는 진짜 자신을 '친구'로 생각하고 있었다.

건형은 하는 수없이 그동안 고민했던 모든 것을 내려놓기로 마음먹었다. 그리고 그에게 손을 내밀며 말했다.

"앞으로 잘 부탁드리겠습니다. 프로페서 헨리."

"나도 잘 부탁하겠네. 미스터 팍."

그렇게 순간이나마 헨리 교수를 존경하는 마음이 조금이나마 생기긴 했지만 그것은 진짜 순간이었다.

그 말이 끝나기가 무섭게 헨리 교수가 한 말 때문이었다.

"그래서 말인데 자네한테 소소한 부탁이 하나 있네."

"아, 그러고 보니 아까 전 그러셨죠. 도대체 그 부탁이라는 게 뭔가요?"

"그게 말이야. 강연회를 부랴부랴 잡긴 했는데 서둘러서 잡는 바람에 통역사를 구하지 못했다네. 그래서 말인데 자네가 통역사를 해 줬으면 하는데 가능하겠나?"

건형은 똥 씹은 얼굴로 그를 바라봤다.

한숨이 절로 나왔다. 그의 통역을 맡게 되면 또다시 주목을 받아버리게 된다.

그렇지만 그의 사정도 나름 이해가 갔다.

통역사를 구하는 일은 쉬운 일이 아니다.

더군다나 헨리 교수가 강의할 정도로 수준 높은 강의일 경우 통역사도 그에 걸맞은 사람을 구해야 한다.

그렇지 않으면 제대로 된 의미 전달이 불가능하기 때문이다.

결국 맡을 수 있는 사람은 자신밖에 없다는 이야기가 된다.

건형은 헨리 교수를 뚫어지게 바라봤다.

의도치 않았지만 그가 설계한 계획에 휘말리고 말았다.

"후, 정말 교수님은…… 어쩔 수 없네요. 제가 하는 수밖에."

강의가 시작되기 5분 직전.

대강당은 이미 빽빽하게 사람들로 들어차 있었다.

수학과는 물론 이과, 문과 가릴 것 없이 많은 학생들이 모였다.

학생들뿐이랴.

대학 교수들은 물론 다른 대학교 교수들까지 찾아들었다.

S대학교나 K대학교를 비롯해서 국내에서 내로라하는 지식인들은 죄다 모인 셈이었다.

그들은 오늘 강연회에서 헨리 교수가 과연 무엇을 이야기할 것인가를 놓고 대단히 기대하고 있는 모습이었다.

헨리 교수가 오늘 강연회에서 이야기하려고 하는 건 하나였다.

수학을 대하는 것.

어려운 학문이라고 알려진 수학을 많은 사람들에게 보다 친근하게 다가갈 수 있도록 도와줄 생각이었다.

영어로 강의를 진행하게 되겠지만 그에게는 뛰어난 조교가 있었다.

헨리 교수가 강당에 모습을 드러냈다.

박수갈채가 폭풍처럼 쏟아졌다.

그의 등장에 S대학교는 물론 전통의 라이벌이라 할 수 있는 K대학교에서도 서로를 탓하는 목소리가 높아졌다.

"아니, 우리 학교에서 먼저 저분을 모셔 와야 했을 거 아닙니까! 도대체 어떻게 일 처리를 하는 거예요?"

"그게 박건형이라는 학생 때문에 강연회를 맡기로 했다고 들었습니다."

"그거 다 변명이에요. 사람이 말이야, 능력이 없으면 인맥이라도 넓던가. 저기 기자들 봐요. 얼마나 많이 왔어요! 이게 다 Y대학교에 얼마나 호재인지 모르는 건 아니겠죠?"

"걱정하지 마십시오. 최근 우리 학교가 Y대학교보다 더 잘나간다는 건 수험생들 사이에 익히 알려진 일 아닙니까? 걱정하지 않으셔도 될 겁니다."

"내가 걱정하지 않게 생겼어요!"

K대학교 총장이 아랫사람과 다투고 있을 때 Y대학교 총장이 음흉스러운 웃음을 띠며 그에게 다가갔다. 그가 환하게 미소를 지으며 입을 열었다.

"아니, K대학교 총장님께서 여기까진 어쩐 일이십니까?"

"커험, 하버드 대학교 종신교수님이 직접 와서 강연을 한다는데 들으러 와야지요. 유 총장님은 기분이 좋으시겠습니다."

"물론이죠. 이게 다 박 군 때문이죠. 게다가 들리는 말로는 헨리 교수가 논문 쓰는 걸 도와줄 거라고 하더군요. 리만 가설이라던가요?"

K대 총장의 얼굴이 붉으락푸르락해졌다. 만약 그게 진짜 현실이 된다면? 어떤 일이 일어날지 상상만 해도 끔찍해졌다.

해외 각종 뉴스에 '푸앵카레 추측을 증명한 헨리 교수, 이번에는 리만 가설을 증명하다!', '리만 가설 증명을 도운 학자는 한국의 젊은 대학생 박건형으로 밝혀져.' 등의 기사가 뜰 것이다.

그러면 국내 언론은 '리만 가설'이나 '헨리 교수'보다는 '박건형'에 초점을 맞출 게 뻔하다. 그리고 고3 수험생을 둔 학부모들은 박건형의 출신 학교가 어디인지 파악하고 나설 것이다.

그렇게 된다면 Y대학교의 명성은 그만큼 높아지게 되고 반면에 K대학교는 만년 3인자 신세에 머무를 수밖에 없게 된다.

생각만 해도 끔찍한 일. K대학교 총장은 이번 강연회에서 어떻게든 박건형이 실수하기를 바랐다. 그래야 Y대학교를 넘어설 수 있기 때문이었다.

강연회가 시작됐다.

헨리 교수가 차분하게 강연을 진행했다. 그리고 건형이 그가 한 말을 한국어로 통역했다. 통역은 물 흐르듯 깔끔했고 매끄럽기 이를 데 없었다.

몇몇 교수들이 감탄을 금치 못할 정도로 대단했다.

영문과 교수는 그런 건형을 보며 혀를 내두를 정도였다.

"완전 현지인이나 다름없잖아? 저런 뉘앙스마저 읽어 낼 수 있다고?"

　미국에서 몇십 년 살다온 한국인도 쉽게 파악하기 힘든 그 특유의 뉘앙스마저 읽어내는 모습을 보니 소름이 돋았다.

　'정말 천재야, 천재. 어문학, 인문학, 수학 등 모든 학문 가리지 않고 저렇게 다 능통하다니.'

　그의 감탄을 뒤로 한 채 강연은 한 시간가량 진행됐다.

　한 시간이 지나고 대강당에 자리하고 있던 학생들은 모두 박수갈채를 보냈다. 어째서 헨리 교수가 당대 최고의 석학으로 손꼽히는지 알 수 있을 정도로 그의 강연은 물 흐르듯 막힘이 없었고 유쾌했으며 많은 교훈을 담고 있었다.

　물론 그것에는 건형이 적절하게 통역을 해 준 것도 있었지만.

　강연이 끝나고 기자들의 인터뷰가 이어졌다.

　물론 그들이 관심을 가지고 있는 건 하나였다.

　'리만 가설'을 증명하는 것.

　그게 사실인지 아닌지 그 여부를 묻고자하고 있었다.

　"교수님, 리만 가설을 증명하신 겁니까?"

　"리만 가설을 증명하신 게 맞다면 언제 발표하실 예정입니까?"

　"수학계에서 얼마나 관심을 기울이고 있는지 알고 계십니까?"

헨리 교수는 그들의 질문에 아무런 대답도 하지 않았다. 그 것은 건형도 마찬가지였다.

기자들을 뒤로 한 채 대강당을 나온 헨리 교수는 말없이 택 시를 잡아탔다. 그리고 건형과 함께 자신이 머무르고 있는 호 텔로 향했다.

호텔에 도착한 뒤, 헨리 교수가 말을 꺼냈다.

"도와주겠나?"

"이미 그렇게 하기로 한 거 아니었습니까? 도와 드려야겠죠."

"고맙군. 자네의 도움은 내게 크나큰 힘이 되어줄 거야."

헨리 교수가 손을 내밀었고 건형도 그 손을 마주잡았다.

두 천재의 만남이었다.

Chapter. 05

　열흘 동안 건형은 쉴 틈 없이 바빴다.

　우선 중간고사 기간이었다. 중간고사는 크게 어려운 일이 아니었다. 그렇지만 중간중간 시간을 계속 비워야 한다는 게 골치 아픈 일이었다.

　또, 헨리 교수의 논문을 살펴야 했다. 헨리 교수의 리만 가설을 증명하는 논문은 수준 높게 완성되어 있었다.

　그렇지만 여전히 몇 가지 문제점이 존재했다.

　건형이 맡은 건 그것을 파악하고 해결하는 것이었다.

　그뿐만 아니라 정호의 문제도 알아봐야 했다. 이야기를 들어 보니 찬우의 회사가 연일 압박을 넣고 있다고 했다.

게다가 이미 몇몇 기술자나 학자 같은 경우는 넘어갔다고 들었다.

잘못하면 정호의 회사가 송두리째 넘어갈지도 모를 일, 정호 회사의 사장을 직접 만나 봐야겠다고 생각했다.

그래서 약속을 잡아 뒀고 주말에 그와 정호를 둘 다 만나볼 요령이었다. 물론 정호 회사의 사장은 건형이 누군지 아직 모르고 있었지만.

마지막으로 ANK 엔터테인먼트와 스타플러스 엔터테인먼트 사이에 오고 가는 일도 손을 봐야 했다. 가장 좋은 방법은 자신이 ANK 엔터테인먼트의 주식을 인수하는 것으로 건형도 그 방안을 가장 염두에 놓고 있었다.

어쨌든 여러 가지 산재해 둔 일이 있어서 몸이 열 개라도 부족했다. 그리고 틈만 나면 지혁에게 훈련도 받아야 해서 하루라도 몸이 성할 날이 없었다.

그렇지만 꾸준히 훈련을 거듭한 덕분에 어느덧 몸에 근육이 자리 잡혔고 슬슬 자신의 몸 하나는 보호할 수 있을 정도의 실력이 자리 잡고 있었다. 아직 실전 경험이 없다는 게 가장 아쉬운 일이었지만.

여하튼 중간고사가 끝나고 나자 본격적으로 움직여야 할 일들이 많아졌다.

그중 가장 시급한 일은 정호 회사의 사장님을 만나보는 일
이었다.

그러기에 앞서 건형은 지혁을 만나러 갔다. 지혁에게 조금 더
자세한 정보를 얻기 위함이었다.

그러나 지혁은 별장 어디에도 없었다. 건형은 지혁에게 전화
를 걸었다. 그렇지만 전화도 걸리지 않았다. 자동 응답 사서함
으로 넘어가고 있었다.

'도대체 이 아저씨는 어디를 간 거지.'

건형은 현관문을 열고 안으로 들어갔다.

별장 안은 조용했다. 그 흔한 바람 소리 하나 들리지 않았
다.

건형은 천천히 별장을 둘러봤다. 바뀐 건 없었다. 모든 건 제
자리 그대로 위치해 있었다.

그는 테이블 위에 놓인 서류 봉투를 집어 들었다. 서류 봉투
안에는 건형이 요구했던 그 정보들이 빼곡하게 들어 있었다. 그
리고 A4용지 한 장이 추가로 들어 있었다.

건형이 그것을 꺼내 들었다.

지혁이 그에게 남긴 메시지가 A4용지에 짤막하게 남겨져 있
었다.

그렇지만 내용은 가볍지 않았다.

　－ 형님의 죽음에 얽힌 단서를 찾았다. 아무래도 직접 미국으
로 가 봐야 할 거 같다. 나는 걱정하지 말고 내가 없더라도 훈련
은 꾸준히 해 두길 바란다.

　건형이 손에 힘을 줬다. 들고 있는 종이가 그새 꾸깃꾸깃해
졌다. 아버지의 죽음에 얽힌 단서를 찾았다고 했다.
　여전히 건형은 아버지를 미워하고 있었지만 한편으로는 그런
아버지를 보고 싶어 했고 또, 존경하고 있었다.
　그가 아버지를 미워하는 건 가족이 가장 어려워할 때 곁에 없
었기 때문이다.
　그렇지만 그 모든 게 조작되었고 아버지의 죽음도 정상적으
로 이루어지지 않은 일이라는 것을 알고서는 생각이 조금씩 바
뀌고 있었다.
　그런 상황에 단서를 찾았다고 한다, 건형은 마음속으로 지
혁을 응원했다. 그에게 지금 가장 믿을 수 있는 사람은 지혁이
었으니까.
　그래서일까.
　한동안 허전할 것 같았다. 매번 욕을 먹어 가며 훈련받던 그

것도 벌써부터 그리워질 것 같은 느낌이 강하게 들고 있었다.

서류 봉투만을 챙겨든 건형은 별장 문을 굳게 걸어 잠근 다음 스포츠카를 타고 다시 서울로 돌아왔다.

그렇지만 여전히 지혁의 빈자리가 횅하니 느껴지고 있었다.

서울로 돌아온 건형은 곧장 정호에게 전화를 걸었다.

"정호야, 나다. 어디냐?"

[아, 지금 약속 장소로 가고 있어. 준비는 잘 된 거야? 믿어도 되지?]

"물론이다. 그래도 고등학교 친구인데 내가 너 안 도와줄 리가 없잖아. 그러면 약속 장소에서 보자."

[그래, 부탁한다.]

건형은 약속 장소로 향했다.

약속 장소에는 이미 두 사람이 나와 있었다.

정호와 오십 대로 보이는 중년인이었다.

건형이 들어서자 정호가 일어나서 반갑게 그를 맞이했다. 반면에 오십 대 중반으로 보이는 중년인은 건형을 살짝 경계하고 있었다.

아무래도 요즘 회사도 전반적으로 분위기가 안 좋을 테고 그런 상황에 웬 젊은이가 자신을 돕겠다고 하니 못 미더워하는 것임이 분명했다.

그래도 그는 일어나서 건형에게 손을 내밀었다.

"그린파워의 사장 정덕수요. 정호한테는 이야기 많이 들었습니다."

"처음 뵙겠습니다. 정호의 고등학교 동창 박건형이라고 합니다."

"예, 며칠 전 신문에서도 봐서 얼굴은 잘 압니다. 그런데 제게 도움을 주실 게 있다고 하셨다면서요? 어떤 상황인지는 알고 계십니까?"

"그린파워가 보유하고 있는 무선전력전송기술을 T사에서 노리고 있는 거 아닙니까?"

"짧게 이야기한다면 그렇게 볼 수도 있겠군요. 헌데 박건형 씨……."

"자네라고 하시면 됩니다."

"크흠, 그럼 말 편하게 하겠네. 자네가 어떻게 도움을 주겠다는 건지 모르겠군."

"무선전력전송기술을 특허청에 낼 생각이십니까?"

아직 그린파워는 무선전력전송기술을 특허청에 정식 등록한 상태는 아니다.

그렇지만 그랬다가 자칫 잘못해서 뒤통수를 맞게 되면 지난

4년 동안 쏟았던 시간은 물거품이 될 수도 있을 터였다.

"그래야겠지? 그거라도 안 해 됐다가는 사원들 월급 주기도 힘든 판국인데 말이야."

"지금 개발하신 무선전력전송기술에 약간의 문제점이 있다는 것도 알고 계시겠죠?"

"헉, 자네가 그걸 어떻게…… 혹시 정호 네가?"

"아닙니다. 그에 관한 건 한마디도 이야기한 적 없습니다."

"걱정하지 마십시오. 한번 찔러 본 겁니다."

물론 그렇게 확신할 수 있었던 것에는 지혁이 건네 준 자료가 한몫을 단단히 하긴 했다.

지혁이 건형에게 준 자료에 따르면 그린파워가 개발한 건 아직 프로토 타입이고 그게 완성되려면 꽤 오랜 시간이 걸린다고 했으니까.

"제가 그것을 도와 드리겠습니다. 문제점을 해결해 드리죠."

"뭐라고? 자네가?"

정덕수 사장이 눈을 휘둥그레 떴다. 그가 알기로 건형의 전공은 법학이었다. 그런데 무선전력전송기술의 문제점을 해결해 주겠다고?

이건 애들 장난이 아니었다. 설령 무선전력전송기술에 관해 빠삭하게 알고 있다고 할지라도 각종 시행착오를 겪어가며 계속해서 연구해야 할 필요가 있었다. 그렇게 해야 본격적으로 개발을 할 수 있을 텐데 지금 그의 말을 쉽게 해석해 본다면 무에서 유를 창조하겠다는 말과 하등 다를 게 없었다.

정덕수 사장이 자리를 박차고 일어났다.

"괜한 시간 낭비를 한 모양새가 됐어. 이만 일어나 보겠네."

"잠깐만요. 남은 시간은 이제 열흘도 채 안 됩니다. T사는 지금 그린파워의 주주들을 설득하고 있는 중이죠. 돈으로 때로는 인맥으로. 그린파워 주주들이 온전히 버텨낼 거라고 보십니까?"

"그래서 나보고 어떻게 하라는 건가!"

정덕수 사장도 그것을 알고 있었다. 그러나 자신은 그들을 회유할 방법이 마땅찮게 없었다. 돈으로 그들을 매수하기엔 자금이 없었다. 그들 중 몇몇은 오랜 친구들이지만 인간은 이익에 밝은 동물이었다.

건형이 웃으며 말을 꺼냈다.

"제가 도와 드리죠. 백기사가 되어 드리겠습니다."

"백기사? 자네가? 그 퀴즈쇼로 꽤 많은 상금을 번 건 알고 있네. 그런데 자네가 무슨 수로?"

"갓핸드라고 들어 보신 적 있습니까?"

"갓핸드라면……."

정덕수 사장이 말끝을 흐렸다.

얼마 전 미국에 지내는 한 친구와 대화를 나누던 중 은근슬쩍 흘러나오는 말 중 하나가 갓핸드였다.

미국 주식시장을 초토화시키고 있다고 했던가?

끝을 모를 수익률에 어마어마한 차익을 남기고 있는 괴물.

그래서 닿는 것마다 성공한다고 해서 갓핸드라는 별명이 붙여졌다.

그게 갑자기 여기서 왜.

"설마 자네가 갓핸드란 말인가?"

"예. 그러면 지금 걱정은 해결되신 것이겠죠."

"하……."

정덕수 사장은 건형을 바라봤다. 맑고 투명한 눈동자가 눈에 들어왔다. 과연 그를 믿어도 될지 믿으면 안 될지 갈등에 휩싸였다.

그러나 그것도 잠시 정덕수 사장은 빠르게 결단을 맺었다. 정호가 추천해 준 친구다. 정호 말로는 자신의 등을 내어 줄 수 있다고 했다.

"자네를 믿어보겠네. 우리 회사를 부탁하네."

건형이 고개를 끄덕였다.

남은 건 T사를 막는 것이었다.

그 뒤, 건형은 한동안 바쁘게 움직였다.

지혁이 없다 보니 자신이 해야 할 일이 많았다.

우선 그는 T사가 노리고 있는 몇몇 그린파워의 주주들을 직접 만났다. 그리고 그들을 설득하고 그들의 주식을 자신이 사들였다.

그렇게 조금씩 그린파워의 주식들이 건형의 것으로 바뀌기 시작했다.

그리고 정덕수 사장과 건형 두 사람이서 경영권 방어를 할 수 있을 정도로 주식의 보유량이 넉넉해졌다.

주식을 사들인 다음 건형은 직접 그린파워에 찾아갔다. 그리고 그들이 개발한 무선전력전송기술을 확인한 뒤, 몇 가지 해결책을 제시했다.

물론 그것을 검토하는 건 그 자리에 있는 연구진과 실무진들일 테지만 건형은 걱정하지 않았다.

머릿속에 들어 있는 수많은 지식들, 그리고 그것을 응용해서 확산시킬 수 있는 어마어마한 이 완전기억능력은 그야말로 완벽하기 이를 데 없었으니까.

T사로서는 마른하늘에 날벼락을 맞은 상황이었다.

그동안 틈틈이 주식을 사들이면서 적대적 M&A를 준비하고 있었는데 모든 게 물거품이 됐다. 주주 소집을 해 봤자 경영권을 빼앗는 것도 불가능했다.

그렇다고 해서 그린파워의 연구진을 빼돌리는 것도 어려웠다. 정호 같은 경우 애초에 연락을 끊었으며 그밖에 연락이 닿았던 몇몇 연구진 같은 경우에도 슬그머니 발을 뺐다.

쾅!

찬우는 책상을 내려쳤다.

아버지한테 인정받기 위해 그동안 진행하던 프로젝트가 모두 물거품이 됐다.

고등학교나 대학교 시절만 해도 아버지한테 적당히 아부만 떨면 모든지 얻어낼 수 있었다.

그러나 사회는 다르다. 실적에 따라 평가받게 되어 있다.

아버지도 호락호락하게 자신에게 모든 걸 넘겨줄 생각은 하지 않고 있었다.

그랬다가 평생 자신이 가꿔 온 회사가 송두리째 박살 날 수 있으니까.

T사는 하나의 거대한 그룹이지만 그 아래로는 수많은 계열사들이 있다. 그리고 그중 찬우의 아버지 그러니까 T사의 회장이 가장 중요하게 여기고 있는 건 수많은 계열사 가운데에서도 미래 에너지 관련 분야다.

석유는 점점 고갈되어 가고 있으며 그에 따라 미래 에너지는 계속해서 각광받을 수 없는 상황이다.

무선전력전송기술 같은 경우 그것을 응용하면 얼마든지 다른 방향으로 더 발전시킬 수 있는 잠재력 높은 기술이었다.

애초에 그 기술 자체만으로도 충분히 효용성이 높은 기술이기도 했지만.

그래서 공을 들였다.

차명계좌로 주식을 차근차근 사들이는 한편 연구진을 계속해서 설득했다. 기획팀 팀장이면서 수석연구원인 정호는 실패했지만 그 아래 몇몇 핵심 연구원들한테도 손을 뻗칠 수 있었다.

그런데 한 놈의 등장에 모든 게 물거품이 되어 버렸다.

어떻게 건드릴 수가 없었다.

그런데다가 며칠 전 그린파워에서 무선전력전송기술을 특허청에 등록했다.

그 기술이 그린파워의 독점기술이 된 셈이다.

1년 6개월 뒤, 이 기술이 공개되기 전까지는 그린파워가 온전히 이 기술을 사용할 수 있게 된 셈이다.

하지만, 대기업에서는 그것을 순순히 두고 볼 리가 없다.

T사에서도 옳다구나 생각하며 특허청에 올라온 그린파워가 등록된 무선전력전송기술을 은밀히 확인하기 시작했다.

어차피 그린파워가 독점적으로 그 지위를 유지하는 건 몇 년 되지 않는다. 그리고 그렇다고 해도 방향을 살짝 달리해서 새롭고 더 고급화된 기술을 개발해 내면 그만이다.

그런데 문제가 생겼다.

국내 최고 중 하나인 T사의 연구진들이 그린파워가 내놓은 무선전력전송기술을 제대로 밝혀내지 못한 것이다.

혹시나 해서 다른 대기업에도 은밀히 알아 봤지만 대부분의 대기업들이 비슷했다.

무선전력전송기술을 대부분 파악해 냈지만 핵심 기술을 분석하지 못하고 있었다.

수많은 대기업들, 그곳의 연구진들도 분석하지 못한 것을 그린파워라는 한 중견 기업이 만들어 낸 것이나 다름없었다.

그로 인해 찬우는 아버지의 신뢰를 저버리게 됐고 덕분에 지금 한적한 자리로 좌천되다시피 해서 쫓겨나 있었다.

사무실에서 와인을 퍼마시던 찬우는 이를 갈며 인터넷 기사에 뜬 젊은 사내를 노려봤다.

"박건형, 앞으로 각오해 두는 게 좋을 거야. 내 일에 태클을 걸어? 에이, 씨발!"

한편 건형은 찬우가 지랄 발광을 하는지 알지 못한 채 한 사람을 만나고 있었다.

그가 만나고 있는 건 이 시대 최고의 학자 중 한 명인 하버드 대학교 수학과 종신교수 헨리 잭슨이었다.

"표정이 어째 좋지 않으시네요?"

헨리 교수의 얼굴은 썩 좋지 않았다. 금세 무엇이라도 게워낼 것처럼 다크서클이 눈 밑에 깊숙이 내려와 있었고 핏대가 잔뜩 서 있었다.

'스트레스를 많이 받은 사람의 전형적인 모습인데.'

헨리 교수가 한숨을 내쉬며 말했다.

"하아, 강연회를 괜히 열었던 모양이야. 온갖 대학교에서 자신 학교에서도 강연회를 열어 달라고 난리가 아니더군."

강연회를 열고 그것이 끝났을 무렵 대대적인 이슈가 됐다.

Y대학교에서 기자들을 적당히 구워 삶은 덕분이다. 그렇게 하나둘 퍼져 나간 기사들은 교육계 전반을 점령했고 곧 Y대학교에서만 필즈상 수상자 헨리 교수가 강연회를 직접 열었다, 라는 이야기가 쏟아지기 시작했다.

우리나라 최고의 대학교인 S대학교 측은 잠잠했다. 그들은 사실 Y대학교나 K대학교가 아직 넘볼 수 없는 그런 벽이 존재했을 뿐더러 S대학교에도 필즈상 수상자가 한 명 석좌교수로 자리하고 있었기 때문이다.

그는 헨리 교수보다 훨씬 오래전 '특이점 해소 정리의 증명'을 완성하면서 필즈상을 수상한 일본 도쿄대 출신의 히로나카 교수였다.

그래도 현재 시대 최고의 지성 중 한 명이 Y대학교에 와서 직접 강연회를 했다는 건 정말 이례적인 일이라 할 수 있었다. 헨리 교수 본인이 강연회 같은 것을 극도로 싫어한다는 걸 보면 더욱더 당연한 일이었고.

일례로 헨리 교수는 하버드 대학교 수학과 종신교수이지만 그 시간 중 대부분을 연구에 치중하며 강의 같은 경우는 본인이 직접 참석하는 경우가 대단히 드물다.

어쨌든 그렇게 이야기가 일파만파 퍼져 나가자 곤혹스러워진 건 다름 아닌 헨리 교수 본인이었다.

수많은 대학교에서 헨리 교수에게 러브콜을 보내기 시작했기 때문이다.

그 때문에 헨리 교수의 얼굴이 저렇게 피곤에 찌든 것이었다.

"정말 한국의 교육열을 놀랍구먼. 그러니까 올림피아드경시대회에서 좋은 수상 결과를 얻어내는 걸 테지. 대단하더군."

"그렇지만 정작 기초 과학에는 제대로 된 투자가 행해지지 않고 있죠. 뭐, 어쩔 수 없겠죠. 다들 취업이 가장 현실적인 목표이니까요."

"하하, 가끔 자네와 대화를 나누다 보면 말이야. 문득 자네가 나와 동년배가 아닐까 하는 생각이 든다네. 혹시 차원이동 같은 거라도 한 거 아닌가?"

"예? 그게 무슨 얼토당토않은 말씀이십니까?"

"글쎄. 그것도 언젠가 현실에서 이루어질 수 있지 않겠나? 우리가 여태껏 찾아낸 물리학 법칙이 올바르다고 단정 지어 이야기할 수 있는가? 나는 그렇지 않다고 보네만. 시간이 지나면 기존에 우리가 증명해 냈던 것들은 구시대의 유산으로 남게 될 수도 있어. 프톨레마이오스가 주장했던 천동설은 오랜 시간 주류가 되어 왔지. 안 그런가?"

"그렇긴 하죠."

건형이 고개를 끄덕였다. 그리고 나니 속으로 살짝 찔렸다. 그 누가 알겠는가. 자신에게 완전기억능력이 있다는 것을. 아무도 모를 것이다.

그러나 더 중요한 건 이것이 더욱더 진화하고 있다는데 있었다.

끊임없이 자기 스스로 학습하며 더욱더 발전하고 있는 중이었다.

"자네가 수정해 준 논문은 잘 읽었네. 정말 훌륭하더군. 더불어 내 논문에 그렇게 많은 허점이 있는 줄 미처 몰랐어. 이대로

냈다면 망신살이 뻗혔을 거야."

"아뇨. 그렇게 리만 가설을 증명하실 거라고는 저도 생각지 못했어요. 정말 대단하더군요."

건형은 진심으로 탄복하는 눈빛으로 헨리 교수를 바라봤다.

그는 정말 천재였다.

자신이 만들어진 천재라면 그는 타고난 천재라고 할 수 있었다.

놀라움 그 자체였다.

아마 헨리 교수 그 덕분에 수학계의 발전이 최소 백 년 정도 앞당겨진 게 아닌가 싶을 정도로 그는 놀라웠다.

만약 자신에게 이 완전기억능력이 없었다면 그를 만날 수나 있었을까?

절대 불가능했겠지.

건형은 머리를 긁적였다. 아무리 생각해 봐도 이 능력은 기적이나 다름없었다.

"논문은 언제 발표하실 생각이십니까?"

"글쎄. 미국으로 돌아가는 대로 발표할 생각이라네."

"클레이 연구소에서 놀라워할 게 눈에 선하군요."

클레이 연구소(CMI)는 세계 수학 7대 난제를 2000년 5월 파리에서 회견을 열어 발표하고 각각에 100만 달러의 현상금을 내건 비영리 단체다.

미국인 부호 랜던 클레이가 상금을 내걸었으며 15년이 지난 현재 세계 수학 7대 난제를 풀어낸 건 푸앵카레 추측을 증명한 헨리 잭슨 교수와 알렉산더 페렐만 교수뿐이었다.

그런데 헨리 잭슨 교수가 또다시 7대 난제 중 하나인 리만 가설을 8년 만에 다시 해결한 셈이었다.

푸앵카레 추측을 증명했을 때 헨리 교수의 나이가 39살, 지금 그의 나이 47살.

헨리 교수를 쳐다보며 건형이 물었다.

"리만 가설을 증명했으니 이번에는 무엇을 증명해 보실 생각이신가요?"

"한동안은 푹 쉴 생각이라네."

"쉬신다고요? 이번에는 호지 추측이나 P대 NP문제를 증명해 보시는 건 어때요?"

"하하, 자네는 내가 평생 고통 받는 걸 원하는 모양이구먼. 그럴 생각은 없다네. 이제 나도 쉴 때가 되었어."

"설마 학계를 떠나겠다는 말씀은 아니시겠죠?"

"그러지 못할 이유라도 있는가? 한 십 년 정도는 시골에 파묻혀서 낚시라도 즐겨 볼 생각이네. 무엇보다 가족들을 돌봐야지. 그동안 수학에 파묻혀 산다고 뭐 하나 제대로 해 준 게 없는데 말이야."

"……알겠습니다. 교수님 정말 고생 많이 하셨습니다."

오늘이 마지막이다.

아마 내일쯤 헨리 교수는 미국으로 돌아갈 터, 건형이 손을
내밀었다.

헨리 교수도 그의 손을 마주 잡았다.

"나야말로 영광이었네. 자네를 수학계에 가둬 두는 건 고래
를 작은 우물에 넣어 두는 것이나 별반 다를 게 없을 거라는
생각이 드네. 그렇지만 언젠가 자네가 수학계에 커다란 족적을
남길 거라고 믿네."

"……."

건형은 말없이 웃어 보였다.

그리고 그날 저녁 헨리 교수는 비행기를 타고 미국으로 돌아
갔다.

건형에게는 마음에 공백이 남은 것 같은 아쉬운 헤어짐이었
다.

헨리 교수가 미국으로 돌아가고 건형은 한동안 바쁘게 지냈
다. 지현과 틈틈이 연락을 하며 ANK 엔터테인먼트의 일을 알
아봤다.

현재 그의 주식은 가파른 상승세를 기록하고 있었다. 사실 이 정도 상승세는 월가의 역사를 놓고 봐도 유례가 없을 정도로 대단히 빠른 속도였다.

그렇다 보니 알음알음 소문이 퍼져 나갔고 동방의 예언가, 갓핸드 등의 별명도 벌써 퍼진 상태였다.

월스트리트에서는 이 동양인 투자자를 만나기 위해 너도나도 자신의 인맥을 동원하고 있었다.

"자네도 소문 돌았나? 갓핸드 말이야."

"아, 들었네. 동양인이라며? 사우스 코리아 사람이라던데."

"그러게. 누가 보면 주가 조작이라도 한 줄 알거야. 아니, 이런 수익률이 말이 된다는 소린가?"

"하하, 운이 좋은 모양이지. 솔직히 말해서 누가 애플이 그렇게까지 오를 거라고 생각했겠어? 안 그래?"

한국은 상한가, 하한가가 정해져 있지만 미국은 다르다. 그렇기 때문에 엄청 급증하는 경우가 종종 나타나곤 한다.

대표적인 사례로는 애플, 아마존 등이 있다.

이 중 애플 같은 경우 2001년 9월 11일 테러 발생 당시에만 해도 주가가 9달러에 불과했지만 가치 투자 종목으로 투자자들에게 신뢰를 얻으며 주가가 급등하기 시작했다.

그리고 약 10년이 지난 2011년 주가가 350달러까지 급등했고 700달러에 근접한 680달러 정도로 고점을 달성한 후 7:1의 주식분할을 통해 현재 주가는 약 100달러 정도였다.

아마존은 세계 최대의 전자상거래 업체로 이 역시 2,000%가 넘는 수익률을 기록하였다.

그러나 이들 모두 단기간이 아니라 장기간 꾸준히 투자자들에게 신뢰를 얻으면서 성장한 것이었다.

그에 비해 건형은 단기간에 엄청난 돈을 긁어모으고 있으니 '예언자'라고 불리고 있는 것이었다.

"그렇지만 너도 알다시피 너무 하이리스크 하이리턴이야. 저렇게 하다가 잘못 발을 들여놓으면 금방 망할걸?"

그의 말도 맞았다.

확실히 벌어들이는 수익이 어마어마했지만 그만큼 위험 부담도 엄청 심했다. 조금이라도 줄을 잘못 내딛는다면 순식간에 추락할 가능성이 지대했다.

"그래, 저건 진짜 목숨을 헤르메스한테 수당 잡힌 놈이나 가능할 거야. 말기 암 환자라던가 말이야. 누가 저렇게 미친 짓을 할 수 있겠어?"

"저번에 어떤 놈이 갓핸드 따라하다가 자살한 거 알아? 도저히 따라할 수가 없다고 하더라고. 누구는 갓핸드가 세계 최초의 양자컴퓨터라고 하던데?"

"무슨 말도 안 되는 소리야. 여하튼 정말 대단하긴 대단해. 그러니까 너도나도 할 거 없이 그를 만나고 싶어 하는 거겠지만."

자신이 지구 반대편 사람들 입방아에 오르락내리락하고 있다는 걸 모른 채 새벽 무렵임에도 불구하고 건형은 주식 차트를 살폈다.

확실히 수익률은 나쁘지 않았다. 아니, 사기라고 할 만큼 엄청 높았다.

물론 위험 부담도 그만큼 심각했다.

그러나 건형은 전혀 두려워하지 않았다. 완벽하기 이를 데 없는 그의 지식이 최고의 보증수표였으니 말이다.

건형은 옆에 놓인 초콜릿을 한 움큼 집어먹은 다음 마저 차트를 확인했다. 그렇게 미국 주식시장을 한참 확인하던 건형은 더 이상 볼 게 없어지자 화면을 닫았다.

요새 건형은 하루에 1~2시간 정도 자고 있었다. 그래도 신체활동은 건강했다. 이상 징후도 없었고 오히려 쌩쌩하기만 했다.

이러다가 시간이 지나면 잠을 안 자도 될지 모를 것 같다는 생각이 들 정도였다.

커피를 한 잔 마신 뒤, 건형은 창밖을 내다봤다.

어느덧 여름이 찾아오고 있었다. 그리고 슬슬 결정을 해야할 시기도 찾아오는 중이었다.

일단 주변 일은 어느 정도 수습한 뒤였다.

그린파워 같은 경우 T사는 더 이상 개입하지 않고 있었다. 사실 T사가 개입한다고 한들 손을 쓸 수 없을 정도로 건형이 마련해 둔 장치는 완벽했다. 당분간 그가 새롭게 만들어 준 '무선전력전송기술'은 손보지 않아도 될 만큼 혁신적이었다.

이미 그린파워는 그것을 상용화하기 위해 안간힘을 쏟고 있었고 1~2년 정도면 어느 정도 프로토 타입이 완성될 것으로 내다보고 있었다.

건형은 그렇게 해 준 대가로 그린파워의 정덕수 사장이 보유하고 있던 주식 일부를 양도 받았고 '무선전력전송기술'의 로열티 0.1%도 확보할 수 있었다.

지금 당장은 큰돈이 안 되겠지만 시간이 지나면 지날수록 이것의 가치는 어마어마해질 터였다.

주변 일을 해결하고 나니 남은 건 ANK 엔터테인먼트와 관련된 일이었다.

이제 한숨 돌리려는 찰나 또 한 번 대형사고가 터져 버렸다.

건형은 인터넷에 실시간으로 뜨고 있는 속보를 보며 얼굴을 감싼 채 한숨을 길게 내쉬었다.

"하아, 빌어먹을."

기어코 일이 터지고 말았다.

크렐레 저널(Crelle's Journal)은 1826년 독일에 창간된 세계 수학계에서 가장 오래된 학술지로 독일 수학자 크렐레가 창간했다.

가장 오래된 학술지에서 가장 권위 있는 학술지로 2006년 헨리 잭슨 교수가 알렉산더 페렐만 교수와 함께 푸앵카레 추측을 증명한 논문을 발표했던 학술지이기도 하다.

최근 몇 가지 논문들이 들어오고 있긴 했지만 크렐레 저널에서 발표할 만큼 획기적인 논문은 없어서 다들 의기소침해져 있었다.

이제 몇 달 뒤, 세계 수학자 대회가 열릴 텐데 필즈상을 수여할 마땅한 인재가 나타나지 않고 있다는 점도 아쉬운 부분이었다.

그렇게 크렐레 저널의 편집자들이 하릴없이 논문들을 살펴보고 있을 때였다.

e-mail로 한 통의 논문이 도착했다.

크렐레 저널의 편집장 슈타이너는 논문을 계속 읽으며 힐끗 발신자를 확인했다. 그리고 잠시 뒤, 그가 눈을 휘둥그레 떴다.

"자, 잠깐만. 다들 모여 봐."

슈타이너의 말에 편집자들이 구시렁거리며 모여들었다. 그들 모두 짜증이 역력해 보였다.

"슈타이너, 무슨 일이야?"

슈타이너 못지않게 경력이 화려한 아우구스토가 의아한 얼굴로 물었다. 이렇게 슈타이너가 허둥지둥 대는 꼴은 보기 어려운 일인데 오늘따라 유독 부산 대고 있었다.

"이, 이것 봐."

슈타이너가 자신의 모니터 화면을 가리켰다.

모니터를 뚫어지게 보던 아우구스토가 눈을 휘둥그레 떴다.

"이, 이거 사실이야?"

"내가 거짓말을 뭣하러 해. 헨리 교수가 논문을 보내왔다고!"

"헨리 교수? 설마 그 헨리 잭슨?"

"리만 가설을 증명하고 있다던데 그게 사실이었단 말이야?"

"푸앵카레 추측을 증명한 뒤로 몇 년 만이지?"

"팔 년 만이야. 설마 팔 년 만에 리만 가설을 증명한 건 아니겠지?"

"사실 푸앵카레 추측은 페렐만 교수가 중심으로 연구했으니까. 헨리 교수가 주력으로 연구하던 건 리만 가설일지도 모르지."

"그런가? 일단 메일부터 확인해 봐."

메일에는 논문 한 편이 첨부되어 있었다. 그리고 본문에는 짤막하게 고맙다고 한마디가 적혀 있었다.

슈타이너가 손을 파르르 떨며 논문을 읽어 들였다. 논문을 넘길수록 아름다운 수식이 눈을 어지럽혔다. 그리고 그 논문을 전부 다 읽어 내렸을 때 슈타이너가 순간 자신이 신을 본 게 아닌가 하는 희열에 사로잡힐 수 있었다.

그때, 논문을 확인하던 아우구스토가 손가락으로 저자를 가리켰다.

"슈타이너, 저자가 헨리 교수가 아니야."

"뭐? 그게 무슨 말도 안 되는 소리야?"

"저자는 박건형으로 되어 있어. 그리고 헨리 교수는 공동저자로 나와 있고."

"정말이야?"

다급히 슈타이너는 논문을 확인했다.

그의 말대로 저자 이름이 gunhyung Park & Henry Jackson이라 되어 있었다.

"일단 그렇게 실어. 이거 진짜 빅뉴스군. 건형 박인 건가? 동양인인 거 같은데 이 정도 인재가 있었을 줄이야."

그때, 한 편집자가 의아한 얼굴로 중얼거렸다.

"이 박건형이라는 사람, 그 미국 방송에 나왔던 그 사람 아니야? 와이드너 도서관에서 기행 벌였던 그 천재 말이야. 이제 나이가 이십 대 초반인 걸로 아는데."

"뭐? 이십 대 초반이라고? 아무래도 헨리 교수하고 통화를 해 봐야겠어. 내가 볼 때 이건 헨리 교수가 잘못 쓴 게 틀림없어."

"그러는 게 좋겠어. 자칫 잘못 실었다간 크렐레 저널 역사상 최악의 사고가 터질 테니까."

그렇지만 헨리 교수와 통화를 한 슈타이너는 모든 것에 문제가 없다는 걸 재차 확인받을 수 있었다. 그리고 리만 가설을 증명한 건 자신이지만 그것은 미완성 상태였고 실제로 그것을 완성한 건 건형이 맞다고 분명하게 못 박았다.

그렇기 때문에 모든 공로가 건형에게 돌아가야 한다는 것도.

물론 여기서 끝나는 건 아니다. 본격적으로 2년 동안 세계 곳곳의 수학자들이 면밀하게 검토를 할 것이다. 그리고 확실히 그 증명이 인정되어야만 세계 7대 수학 난제 중 하나인 리만 가설이 증명되었다고 공표되는 것이다.

그러면 클레이 연구소에서 그 공로를 인정하고 100만 달러를 수여하게 된다.

어쨌든 슈타이너는 차분히 각을 잡고 아메리카노 한 잔을 책상 위에 올려놓은 다음 논문을 읽어 내려가기 시작했다. 아까 전에 대충 훑어본 것이었다면 이제는 본격적으로 논문을 감상하기로 마음먹은 것이다.

리만 가설을 증명한 헨리 교수의 논문을 읽어 내려가며 슈타이너는 따뜻한 아메리카노가 차갑게 식어가는 것도, 자신을 찾는 전화가 지속적으로 울리는 것도 모두 잊었다.

주변의 말소리마저 완벽하게 잊은 채 논문에 몰두했다.

그렇게 반나절 동안 논문을 끝까지 읽은 슈타이너는 눈물을 뚝뚝 흘렸다.

이건 하나의 예술 작품이나 다름없었다.

그로부터 이틀 뒤, 세계 수학계를 뒤흔들 거대한 폭풍이 크렐레 저널로부터 퍼져 나가기 시작했다. 그리고 그 논문의 저자는 생소한 한국인이었다.

이제 스물넷에 불과한 한국의 젊은 대학생 박건형, 그가 헨리 교수와 함께 리만 가설을 증명한 것이었다.

수학계를 중심으로 퍼져 나가던 이 소식은 금세 각종 언론 매체들을 통해 보도되었고 얼마 지나지 않아 한국에도 대대적으로 알려지기 시작했다.

건형은 뒤늦게 그것을 알게 된 것이었다.

건형은 다급히 헨리 교수한테 전화를 걸었다.

"교수님, 이게 어떻게 된 일입니까? 왜 제가 저자로 되어 있는 거죠?"

[이 논문을 완성시킨 건 자네가 아닌가. 엄밀히 말하면 자네가 저자라고 봐야 하지 않겠나?]

"저는 그냥 약간의 도움을 준 거 뿐입니다. 이 논문을 쓴 건 교수님입니다! 정정해 주십시오."

[하하, 이미 그렇게 발표되었는데 그게 뭐가 중요하겠나?]

건형은 헨리 교수의 의도를 훤히 읽을 수 있었다. 리만 가설을 스물넷에 증명해 냈으니 앞으로도 수학계의 관심이 쏟아지게 될 터.

이후로도 수학계에 꾸준히 관심을 가져달라는 그만의 전략인 셈이었다.

"여하튼 저는 크렐레 저널에 연락해서 정식으로 요청할 겁니다. 제가 이 논문을 쓴 게 아니라고요."

[그래도 되네. 그러나 크렐레 저널에서는 결코 자네의 말을 들어주지 않을 거야. 그들로서도 젊은 천재 수학자를 바라왔을 텐데 순순히 자네를 놓아주겠나? 하하, 잘 해결해 보길 바라네.]

전화가 끊겼다.

건형이 붉어진 얼굴로 휴대폰을 내려다봤다. 이가 갈렸다.

그렇다고 지금 당장 그가 딱히 할 수 있는 일도 없었다.

헨리 교수는 지금 미국에 있으니 말이다.

한편 전화를 끊은 헨리 교수가 너털웃음을 터트렸다.

"허허, 필즈상을 수상할 영예로운 기회가 주어졌는데 주저 없이 내치려고 하다니. 아무래도 미스터 팍은 수학계에서 잡아 둘 수 없는 인재인가 보구나."

"교수님께서 너무 욕심을 부리시는 겁니다."

"그럴지도 모르겠습니다. 그래도 정말 훌륭한 인재입니다. 머지않아 저를 능가할 테지요. 수학뿐만 아니라 다른 모든 분야에서 말입니다."

"그만큼 위험하다는 이야기이기도 하죠. 이미 마스터를 비롯해서 많은 분들이 염려스러워하고 계십니다."

"마스터도 말입니까? 마스터께서 이 세상에 두려워할 게 뭐가 있다고⋯⋯."

"물론 마스터께서는 아무것도 두려워하지 않으시죠. 그렇지만 필요 없는 변수가 등장하는 것도 결코 좋은 일은 아니죠. 그 때문에 내부에서 이야기가 많이 오고가고 있는 중입니다."

"그렇군요. 그랜드 마스터의 생각은 어떻습니까?"

헨리 교수의 질문에 사내가 잠시 멈칫했다. 그리고 이윽고 그가 대답했다.

"그랜드 마스터께서도 우려가 있으십니다. 특히 이번 리만 가설을 증명하는 논문 같은 경우 어째서 그를 저자로 내세웠는지 궁금해하고 계십니다. 잘못하면 청문회가 열릴지도 모르겠습니다."

"알겠습니다. 그러면 다음 정기 모임 때 뵙도록 하겠습니다."

"예, 그동안 건강히 지내십시오."

중절모에 검은 정장을 입은 사내가 교수실을 빠져나갔다. 그 뒷모습을 쳐다보던 헨리 교수가 헛기침을 했다.

"크흠, 골치 아프게 됐구나. 그랜드 마스터라면 미스터 팍의 재능을 알아줄 것이라고 생각했는데. 내가 모르는 무언가가 있는 것인가?"

아무래도 한번 그것에 관해 알아볼 필요가 있을 것 같았다.

헨리 교수가 고심하는 사이 사무실을 나온 사내는 까만색 리무진을 타고 하버드 대학교에서 멀지 않은 곳에 위치한 작은 도시로 향했다.

그곳에 있는 자그마한 펍에 들어선 사내는 곧장 지하로 내려갔다. 지하에 있는 비밀 통로를 지나친 사내가 들어선 곳은 원탁의 회의실이었다.

회의실 안에는 여섯 명 정도가 자리하고 있었다.

사내가 들어서자 맞은편 자리에 바로 보이는 중년인이 입을 열었다.

"어서 오게, 아이젠하워 경. 그래, 헨리 교수는 만나 봤는가?"

"예, 그랜드 마스터. 그를 만나고 왔습니다."

"헨리 교수는 어떻게 생각하던가? 아이젠하워 경."

"헨리 교수는 그를 대단히 높게 평가하고 있는 듯합니다. 차후 우리 일루미나티의 일원으로 받아들이고 싶어 하는 거 같더군요."

"아이젠하워 경은 어떻게 보는가?"

"헨리 교수의 생각에도 일리는 있다고 봅니다. 그렇지만 그의 과거를 살펴본 결과 의아한 점이 여러 군데에서 발견되었습니다. 그의 천재성은 어렸을 때부터 있던 게 아닙니다. 어느 날 갑자기 발견된 것이죠. 그리고 최근 들어 두각을 드러내고 있습니다. 그것을 먼저 알아내지 못한다면 어떤 문제점을 일으킬지 모를 일입니다."

"한번 이것을 봐 보게."

그랜드 마스터가 화면에 한 장의 사진을 띄웠다.

그것은 MRI 사진으로 뇌 전부가 다 새빨갛게 물들어 있었다.

아이젠하워가 눈살을 찌푸렸다.

"이럴 수 있습니까? 흡사 무슨 뇌 환자를 보는 거 같군요."

"놀랍게도 이 사람은 살아 있네."

"말도 안 됩니다. 인간이 이렇게 뇌를 사용하는 건 불가능합니다."

"그리고 그는 이번에 리만 가설을 증명한 논문을 발표하기도 했지."

"설마……."

"그래, 미스터 팍. 그의 뇌 MRI 사진이라네. 몇 달 전 사고를 당해서 서울의 한 대학 병원에 입원했을 때 찍었던 것이라네."

"이게 정말 가능한 일입니까?"

그랜드 마스터 오른쪽에 앉아 있던 칠십 정도 되어 보이는 노인이 입을 열었다.

"가능할 수도 있는 일이지. 다만 인간에게 허용되지 않은 능력이겠지만."

"메로빙거 경께서는 반대하시는 입장이시군요."

"솔직히 말하면 그자를 잡아다가 한번 해부를 해 보고 싶은 심정일세. 클클, 어떻게 인간이 저런 뇌를 하고도 살아남았는지 궁금하거든."

"메로빙거 경, 자중하게. 어쨌든 이 안건은 차후 13인 위원회에서 자세히 다루도록 할 것이네."

"예, 알겠습니다."

"그러면 돌아가서 쉬도록 하게. 아이젠하워 경."

"예."

그가 돌아가고 원탁회의실에 여섯 명이 남았다.

이들은 일루미나티의 핵심 실세로 13인 위원회의 위원들이자 일루미나티 세부 조직의 수장들이기도 했다.

실제로 메로빙거 같은 경우 13위원회의 위원이자 삼각위원회의 삼각 수장 중 한 명이기도 했다.

물론 이 모든 사람들을 총괄하는 건 바로 그랜드 마스터였다.

"정말 그자를 회유할 가치가 없다고 생각하는가? 메로빙거 경."

"예, 그랜드 마스터. 대단히 위험합니다. 실제로 헨리 교수 같은 경우 앞으로 5년은 더 걸려야 리만 가설을 증명할 것으로 내다보지 않았습니까? 그런데 그자 때문에 그것이 5년 앞당겨졌습니다. 기술의 진보는 우리에게 있어서 크게 이롭지 않은 일입니다. 물론 헨리 교수를 탓하는 건 아닙니다."

"하기는…… 그만큼 우리의 지지 기반이 힘을 잃을 수 있기 때문이겠지. 일단 주의를 기울이도록 하게. 차후 이 이야기에 관해 논의를 해 봐야겠군."

"예, 그랜드 마스터."

하나둘 원탁회의실을 떠나기 시작했다.

오늘 안건은 이미 다 이야기가 오고 간 뒤였고 아이젠하워가 오면서 마지막 안건이 하나 더 추가되었던 것이기 때문이다.

모든 사람들이 다 떠나고 원탁회의실에 홀로 남은 그랜드 마스터는 곰곰이 생각에 잠겼다.

"혹시 완전기억능력이 또다시 모습을 드러낸 건 아니겠지? 그렇지 않길 바라야겠군. 설마 그럴 일은 없겠지만……"

그는 말끝을 흐렸다.

완전기억능력. 오래전 그 능력을 가지고 태어난 자가 있었다. 그는 그것을 바탕으로 세계를 자신의 손아귀에 넣고 주물렀다. 그로 인해 기술이 기하급수적으로 발전했고 세계의 변혁이 일어났다.

그렇지만 너무나도 빠른 속도에 다른 사람들이 그 속도를 감당하지 못하게 됐고 결국 그는 반대 세력에 의해 제거당했다.

일루미나티도 그 반대 세력 중 하나였다.

그 당시 그랜드 마스터는 13위원회의 위원 중 한 명으로 '완전기억능력'이 가지는 가공할 능력을 똑똑히 두 눈으로 봤었다.

정말 그것은 인간이 가져서는 안 될 괴랄한 능력이었다.

그런데 지금 그 능력을 가진 사람이 또 나타난 게 아닌가 하는 불길한 추측이 계속해서 들고 있었다.

'잘못했다가는 그들과의 전쟁을 또다시 준비해야 될지도 모르겠어. 그때, 분명히 그들을 깔끔하게 몰아냈다고 생각했었는데 말이야.'

아무래도 이 부분에 관해서 한번 알아볼 필요성이 있을 듯했다.

만약 자신의 추측이 사실이라면 이 일은 조직의 안위와 연관이 있는 일이 될 테니 말이다.

리만 가설을 증명한 게 이십 대 초반의 젊은 한국인이라는 게 세상에 밝혀졌다. 그러면서 건형의 이름값이 나날이 높아지기 시작했다.

특히 수학계는 그 정도가 심했다.

한국의 수학계는 말할 것 없고 세계 곳곳에서 그를 찾는 목소리가 높아졌다.

몇몇 곳에서는 강연회를 열 테니 참석해 달라고 끊임없이 문의를 해오고 있었다.

가장 열렬하게 구애를 하고 있는 건 역시 Y대학교였다.

건형은 한숨을 내쉬었다. 요 며칠 동안 학교도 제대로 못 나간 채 이것 때문에 시달리고 있었다. 그가 머무르고 있는 오피스텔 근처에는 기자들이 상시 거주하고 있었다. 그들에게 건형의 인터뷰는 특종 그 자체였고 어떻게든 그 특종을 따내기 위해 밤새 이 근처를 떠나지 않고 있는 중이었다.

그것은 또 그 나름대로 주변 사람들에게 폐를 끼치고 있었다.

"헨리 교수 때문에 망했군. 망했어."

건형은 황급히 크렐레 저널에 전화를 걸어 헨리 교수가 논문을 잘못 제출했으며 그 논문의 저작자는 헨리 교수라고 주장했지만 크렐레 저널에서는 그것을 받아들이지 않았다.

논문을 보낸 게 헨리 교수이지만 그가 직접 건형이 논문 저작자라 밝혔기 때문에 하등 문제 될 게 없다는 것이었다.

결국 건형은 이러지도 저러지도 못한 채 '리만 가설의 증명'이라는 논문의 저자가 되어 버리고 말았다.

그로 인해 최근 건형은 그밖의 일에 대해서는 전혀 신경 쓰지 못하고 있었다.

그렇게 건형이 주변 일에 신경을 쓰지 못하고 있을 무렵

스타플러스 엔터테인먼트는 본격적으로 ANK 엔터테인먼트를 집어삼키기 위해 움직이고 있었다.

최근 한 사람이 ANK 엔터테인먼트의 주식을 상당량 사들이긴 했지만 2%에 불과했고 여전히 대부분의 주식은 이종수 사장과 소프트벤처스가 가지고 있었다.

그러나 여기서 스타플러스 엔터테인먼트는 이종수 사장이 보유하고 있는 지식과 소프트벤처스의 주식을 사들여서 ANK 엔터테인먼트를 흡수합병할 준비를 마친 상태였다.

서울 강남에 있는 한 커피숍에서 이종수 사장은 자신보다 열 살은 더 어려 보이는 젊은 사내를 마주 보고 있었다.

호리호리한 체격에 꽤 잘생긴 얼굴, 여자들이면 한 번쯤 눈길을 줄 만한 외모.

그렇지만 이 겉모습에 속았다가 신세 망친 여자가 한둘이 아니다.

그가 마주 보고 있는 건 스타플러스 엔터테인먼트의 실세라고 할 수 있는 박광호 실장으로 오늘 커피숍에서 만난 건 양측 엔터테인먼트의 흡수합병에 관한 이야기를 나누기 위함이었다.

"반갑습니다. 박광호입니다."

"이야기 많이 들었습니다. 이종수입니다."

"시간도 없으니 단도직입적으로 말씀드리겠습니다. 스타플러스 엔터테인먼트는 ANK 엔터테인먼트를 인수하길 원하고 있습니다."

"알고 있습니다. 우리 측 주주들을 만나고 다닌다는 이야기를 들었습니다. 얼마 전에는 소프츠벤처스에서 연락을 해 왔더군요. 스타플러스에서 20% 더 높은 가격에 주식을 매입하고 싶어 한다고요."

"잘 알고 계시는군요. 그러면 이야기가 편해질 거 같습니다. 스타플러스의 이사 직위를 보장해 드리겠습니다. 우리 회사와 흡수합병하시는 건 어떻겠습니까?"

이종수가 박광호를 뚫어지게 바라봤다.

박광호.

이자를 수식하는 단어는 다양하다.

대표적인 건 "마법사"다. B급 아이돌을 단기간에 S급 아이돌로 만들어 버리는 기적 때문이다. 그의 밑에서 정상급에 선 아이돌이 숱하게 많다.

그런 탓에 그는 비교적 젊은 나이에도 불구하고 스타플러스 엔터테인먼트의 핵심 요직이라 할 수 있는 기획실장을 맡고 있는 것이다.

그렇지만 연예계에 떠도는 이자의 뒷소문은 좋지 않은

게 대다수다. 가벼운 걸로는 아직 미성년자밖에 되지 않은 여자애가 성추행을 당했다는 것부터 심각한 건 아이돌 한 명이 성폭행을 당하고 임신했다가 자살했다는 것까지.

두루두루 있었다.

그렇지만 어차피 뜬소문은 뜬소문이다. 실제로 밝혀진 소문은 거의 없다시피 하다.

이종수는 가늘게 뜬 눈으로 박광호를 쳐다봤다. 이 사람에게 자신이 키운 아이들을 맡겨도 될까?

솔직히 말해서 그럴 자신이 없다. 잘못 맡겼다가 아이들에게 무슨 일이라도 생기면?

그러면 그 아이들 부모를 볼 면목이 없어진다.

그렇지만 이대로 물러나기엔 회사 상태가 좋지 않은 것도 사실이다. 주주들은 자신을 믿지 못하고 있으며 회사 실적을 가지고 압박하고 있다.

회사 실적이 점점 더 적자로 돌아서는 걸 가지고 그를 탓하고 있는 상황이다.

지금 박광호가 자신한테 하는 건 일종의 제안이다. 이 제안을 받아들여도, 받아들이지 않아도 박광호한테는 아무런 문제가 되지 않는다.

하지만, 자신에게는 커다란 문제가 될 수 있다. 이대로 회사의 경영권을 박광호에게 넘기면 자신은 스타플러스 엔터테인먼트의 이사 자리를 확보할 수 있다.

즉, 뱀의 머리에서 용의 꼬리가 된다고 이야기할 수 있다.

반면에 ANK 엔터테인먼트의 경영권을 넘기지 않는다면?

ANK 엔터테인먼트는 거대 공룡이라 할 수 있는 스타플러스 엔터테인먼트에 바로 잠식당할 것이다. 산산조각 분해될 것이고 자신은 알거지가 되어 거리로 내쫓기겠지.

결국 이종수 사장이 선택할 수 있는 길은 하나 뿐이라는 이야기다.

그래도 그는 마지막으로 물었다.

"……아이들은 잘 돌봐주시는 것이겠죠?"

"하하, 물론입니다. 최고의 아이돌로 키워 내겠습니다. 걱정하지 않으셔도 될 겁니다."

이종수 사장은 이내 고개를 숙였다.

그를 보는 박광호의 눈빛이 매섭게 번득였다.

실적은 형편없지만 전망 하나만큼은 밝은 ANK 엔터테인먼트를 세 치 혀로 접수했다.

이종수에게 적당한 자리와 돈을 쥐어 주겠지만 그것은

별 문제 되지 않는다.

중요한 건 플뢰르하고 무엇보다 진흙 속에 파묻혀 있던 진주 이지현을 손아귀에 넣었다는 사실이다.

이제 남은 건 이 ANK 엔터테인먼트를 흡수해서 철저하게 발라먹는 것뿐이었다.

스타플러스 엔터테인먼트가 ANK 엔터테인먼트를 흡수 · 합병한 일은 조용히 묻혔다. 박광호 실장의 지시 때문이었다.

대부분 이런 흡수 · 합병 문제는 대대적으로 홍보하기 마련이다.

그러나 박광호 실장은 이 일을 조용히 묻어 두길 원했다. 그렇게 한 건 자신들처럼 누군가 ANK 엔터테인먼트를 노렸기 때문이다. 최대한 그들 귀에 늦게 들어가고자 하기 위함이었다. 어차피 며칠 뒤 알려지겠지만 말이다.

ANK 엔터테인먼트를 합병하고 난 이튿날 박광호 실장은 곧장 아랫 사원을 시켜서 ANK 엔터테인먼트가 키우는 아이돌을 연습실에 대기시켜 두라고 명령해 뒀다.

이 중에서 옥석을 가려내서 쓸 만한 애들은 스타플러스 엔터테인먼트에 남기고 나머지는 내칠 생각이었다.

얼마 지나지 않아 박광호 기획실장 바로 밑에서 일하고 있는 윤정후 대리가 올라왔다.

"실장님, 애들 다 모이게 했습니다."

"모두 몇 명이나 돼?"

인원은 다 파악해 뒀지만 혹시 하는 생각에 박광호가 재차 물었다.

"열일곱 명입니다."

ANK 엔터테인먼트는 특이하게 여자 아이돌만 키워내던 그룹이다. 그렇다 보니 남자 연습생은 한 명도 없었다. 전부 다 여자 애들이라는 의미다.

박광호는 고개를 끄덕인 뒤 엘리베이터를 타고 연습실로 향했다. 연습실로 가면서 윤정후가 이런저런 이야기를 건넸다.

주된 이야기는 당연히 ANK 엔터테인먼트에서 키워 내던 아이돌 그룹 및 연습생에 관한 것들이었다.

"눈에 들어오던 애들이 있던가?"

"일단 가장 눈여겨 볼 만한 애들은 플뢰르죠. 특히 그 그룹 리더인 이지현이 요즘 가장 잘 나가니까요."

"하긴 그 애는 예전부터 내가 우리 회사로 데려오려고 했던 애지. 걔네 말고는?"

"그밖에 몇몇 연습생 애들이 끼가 있어 보이긴 했는데 전체적으로는 영 별롭니다."

"예쁘장한 애들은 없고?"

"이지현이 가장 낫고 플뢰르 다른 멤버들도 그럭저럭 괜찮은 편입니다. 연습생 중에서 아주 눈에 띄는 애는 없는 편이고 그나마 반반한 애들이 세 명 정도 있더군요."

"그래?"

"그보다 실장님, 무례할 수도 있지만 이거 하나 여쭤 봐도 됩니까?"

"뭔데?"

"ANK 엔터테인먼트를 그렇게 거액을 주어가며 흡수합병할 필요가 있었습니까?"

"사실 그럴 필요야 없긴 했지. 생각보다 돈이 꽤 많이 들어갔으니까. 그렇지만 플뢰르를 우리 회사로 들인 건 나쁘지 않은 수확이지. 걔네들은 그만큼 발전 가능성이 있어 보이거든. 여하튼 한번 만나 볼까?"

엘리베이터에서 내린 박광호는 연습실 문을 열고 안으로 들어갔다.

꽤 넓은 연습실 안에는 스무 명 남짓한 여자애들이 옹기종기 모여 있었다.

박광호는 안에 들어서자마자 그들을 슬쩍 훑어봤다.

면면을 보아하니 눈에 확 들어오는 애가 있는가 하면 그렇지 않은 애들도 있었다.

개중에서 가장 빛나는 건 역시 플뢰르의 리더 이지현이었다.

그녀 말고도 몇몇 괜찮은 애들이 보였다.

그렇지만 나머지는 영 별로였다. 무슨 생각에 연습생으로 받아들인 것인지 모르겠지만 쓰임새가 딱히 없어 보이는 애들이 많았다.

일단 박광호는 그들에게 조금 더 가까이 다가간 다음 차분한 목소리로 말을 꺼냈다.

"다들 조금 많이 놀랐을 거다. 나는 스타플러스의 박광호다. 내 이름을 들어본 애도 있을 테고 그렇지 않은 애도 있을 거다. 일단 너네들한테 이거 하나는 약속해두마. 내 말 따라온 애들은 하나같이 스타가 됐다. 너네들이 아는 스타플러스에서 데뷔한 걸그룹들 전부 다 내가 키워낸 거다. 그러니까 내 말만 믿고 따라와라."

카리스마 있게 말한 박광호는 여전히 얼떨떨하고 있는 연습생들을 쳐다보다가 물었다.

"나한테 궁금한 거 있는 사람?"

잠자코 있던 지현이 손을 들었다.

"우리는 스타플러스하고 계약이 되는 건가요?"

"너네들 중에서 재능이 있는 애들은 우리하고 계약을 하게 될 테고 그렇지 않은 애들은 짤리게 될 거다."

"만약 계약을 하고 싶지 않다고 하면 어떻게 되죠?"

"기존에 ANK 엔터테인먼트하고 했던 계약은 고스란히 우리 회사로 넘어온 상태다. 계약 기간이 남아 있는데도 계약을 해지하겠다면 당연히 위약금을 내야겠지? 너네들한테 얼마나 위약금이 많이 걸려 있는지는 다들 알고 있을 테고."

지현이 눈살을 살짝 찌푸렸다. 그녀가 ANK 엔터테인먼트와 계약을 맺은 건 5년 전 일이다. 4년 동안 연습생 생활을 하고 작년에 처음 데뷔를 했다. 그리고 1집, 2집 앨범 활동을 했고 원래는 올해 3집 앨범이 나올 차례였다.

그러다가 갑자기 ANK 엔터테인먼트가 스타플러스 엔터테인먼트에게 인수 합병되면서 일이 꼬여 버리고 만 것이었다.

걸그룹 같은 경우 통상 10년을 계약하는데 그 이야기인즉슨 지현 같은 경우 아직 5년가량 계약 기간이 더 남아 있다는 의미였다.

"또 궁금한 거 있으면 무엇이든 물어봐. 오늘 하루 다 대답해 줄 테니까."

"저도 뜰 수 있나요?"

ANK 엔터테인먼트에서 2년가량 연습생 생활을 해 온 한 여자애가 물었다. 아직 고등학생이지만 진한 화장을 하고 있어서 대학생으로도 보이는 여자애였는데 파인 옷에 짧은 미니스커트를 입고 있어서 그런가 유독 도드라져 보였다.

박광호가 입가에 미소를 그렸다.

"물론이지. 나는 재능 있는 애면 어떻게든 키워 줄 생각이거든. 다들 잘 생각해 봐. 학교 생활도 그만두고 연예계에 매달리고 있는 거 아니야? 그럴 거면 성공해야 하지 않겠어? 우리 회사에서 키워서 잘된 애들 중에 강남이나 용산 쪽에 빌딩 갖고 있는 애들도 있어. 부모님 집 한 채 해 드린 건 당연한 일이고. 너네들도 그러려고 연예계에 문 두들긴 거 아니야?"

몇몇 아이들은 그 말에 정신이 나간 것처럼 고개를 끄덕였다. 그도 그럴 게 아이돌을 하는 것도 쉬운 일이 아니다.

재능이 없으면 이 바닥도 살아남기 어렵다.

그렇다면 죽어라 노력이라도 해야 하는데 그것도 인맥

이 있어야 가능한 이야기다. 인맥이 있어야 방송에 조금이라도 더 얼굴을 비출 수 있게 되고 그래야 운 좋게 한 번 뜰 기회를 잡을 수 있는 것이다.

"있다가 개별 면접 볼 테니까 차례대로 얼굴 좀 보자고."

박광호는 그 말을 마치고 자리를 떴다. 윤정후가 만면에 미소를 지어 보이며 그 뒤를 바짝 쫓았다.

"전체적으로 나쁘지 않네. 그런데 이지현, 쟤는 왜 저렇게 건방진 거야? 말하는 꼬락서니 보니까 누군가 비호하는 사람이 있는 거 같던데 말이야. 스폰서가 누군지 알아봐."

"저 실장님…… ANK 엔터테인먼트는 여태껏 단 한 번도 스폰서를 받아 본 적이 없는 걸로 알고 있습니다."

"뭐? 그게 사실이야?"

박광호가 어이없다는 얼굴로 윤정후를 쳐다봤다.

스폰서는 다들 쉬쉬해서 그렇지 연예계에 드리운 거대한 암막이나 다름없다.

아이돌 그룹은 뜨기 위해서 주저 없이 정재계 인사들과 돈으로 맺어진다. 신인 그룹일수록 그러한 경향이 더 크다.

남자 아이돌 그룹은 그나마 덜하지만 여자 아이돌 그룹일 경우 그런 일이 비일비재하다고 할 수 있다.

그런데 ANK 엔터테인먼트에서는 단 한 차례도 스폰서

를 받지 않았다고?

박광호는 어째서 ANK 엔터테인먼트가 내놓은 아이돌 그룹이 족족 말아먹었는지 이유를 알 것 같았다.

"순진한 사람 같으니라고."

그러나 이해가 안 가는 건 아니다. 커피숍에서 이종수 사장을 만났을 때 그가 했던 말이 떠올랐기 때문이다.

그는 스타플러스에 경영권을 넘기는 순간까지도 자신이 키운 연습생들을 걱정하고 있었다.

그렇지만 사업가 마인드에서 볼 때 그건 인정 때문에 이득을 포기한 것이나 다름없다.

"스폰서를 받는다면 어떨 거 같지?"

사무실에 돌아와서도 두 사람의 대화는 이어졌다.

잠시 머릿속으로 계산을 하던 윤정후가 눈을 빛내며 말했다.

"몇몇 아이들 같은 경우 그나마 괜찮은 제안을 얻어낼 순 있을 거 같습니다. 플뢰르 같은 경우 조금 더 나을 거 같고 이지현은 특급으로 예상하고 있습니다. 지난번 고아원에서 미니 콘서트를 한 거 때문에 네티즌들의 호감도가 눈에 띄게 높아진 상태입니다. 스폰서들도 다들 노리고 있을 게 분명해 보입니다."

"그래? 흠, 한번 은근슬쩍 찔러 봐. 걔네들도 뜨고 싶다면 어떻게든 매달리게 될 거야. 그깟 몸 한 번 판다고 죽는 것도 아니고. 빠른 길을 놔두고 멀리 돌아갈 필요는 없으니까."

"예, 알겠습니다. 실장님."

"아, 나가면서 애들 차례대로 불러 와. 개별 면접할 테니까."

"예, 실장님."

한 명씩 개별 면접을 보던 박광호는 마지막 순번이 다가오자 침을 꿀꺽 삼켰다.

적당한 키, 약간 마른 몸무게, 늘씬한 체구, 그럼에도 두드러지는 몸매, 예쁘장한 외모, 그리고 몽환적인 음색과 함께 지난번 고아원에서 미니 콘서트를 열면서 대중들의 호감도 사게 됐다.

박광호가 ANK 엔터테인먼트를 노린 것에는 그녀가 ANK 엔터테인먼트 소속의 가수였던 탓도 있다.

솔로로 내놔도, 그룹으로 내놔도 충분히 먹힐 만한 가능성이 있었으니까.

문이 열리고 지현이 안으로 들어왔다.

박광호는 뱀이 먹잇감을 노리는 듯한 눈빛으로 지현을 위아래로 훑었다. 헐렁한 옷을 입었음에도 굴곡진 몸매가 제일 먼저 눈에 들어왔다.

또, 오밀조밀한 얼굴에 들어찬 커다란 사슴 같은 눈동자에 오뚝한 콧날, 연분홍 입술까지.

누가 봐도 눈이 갈 만한 외모다. 점점 더 입가에 침이 고였다.

여태 수많은 연습생들을 만나 봤지만 이렇게 완벽한 여자애는 처음이었다.

박광호가 웃어 보이며 입을 열었다.

"아까 전에 계약 관련 이야기를 꺼내던데 우리 회사는 싫은가 봐?"

"그보다는……."

지현이 말끝을 흐렸다. 스타플러스 엔터테인먼트가 싫다기보다는 박광호 실장이 마음에 내키지 않는 게 사실이다.

그렇다고 그것을 곧이곧대로 말할 수도 없는 노릇이었다.

"여하튼 앞으로 어떻게 해야 할지 이야기해 보자고. 한 번 말해 봐. 앞으로의 목표가 어떻게 되는지 말이야. 솔직히 다른 애들은 조금 더 연습을 해야겠지만 너는 솔로로 내

보내도 충분할 거 같거든."

"그냥 저는 노래를 부르는 게 좋을 뿐이에요."

"욕심은 없어? 집안 형편이 썩 좋지 않다고 들었는데 말이야."

"네?"

"다 알고 있어. 이 바닥이 얼마나 소문이 빠른데. 부모님이 오매불망 너만 기다리고 있는 거 아니야?"

지현이 입술을 깨물었다. 자신의 가정사가 이렇게 샅샅이 밝혀졌다는 게 수치스러웠다. 아직 건형에게도 해 본 적 없는 이야기인데.

그녀가 입술을 질끈 깨물었다.

"그건 실장님께서 관여하실 일이 아니잖아요!"

"하하, 내 입장에서는 너를 키워야 수익이 발생하니까 이래저래 관리할 수밖에 없는 거 아니겠어? 어쨌든 잘 생각해 봐. 쉽게 돈을 벌 수 있는 방법은 얼마든지 있거든. 굳이 어려운 길을 가려 할 필요 없다는 말이야. 이 바닥이 다 그렇고 그런 바닥이라는 거 너도 소문을 들어서 알고 있잖아."

반박할 수 없는 말이 계속해서 이어졌다.

사실 그의 말에 하등 틀린 부분은 없다. 연예인을 꿈꾸는 사람은 매년 수십만 명이 넘어간다. 다들 화려한 삶을 동경하며 부나방처럼 연예인의 꿈을 향해 몸을 던진다.

그렇게 수십만 명이 지원해서 실제로 연예인이 되는 건 극소수에 불과하다. 그리고 그 극소수 중에서도 또 극소수가 톱스타가 될 수 있다.

즉, 수십만 명 중 톱스타가 될 수 있는 사람은 한두 명에 불과하다는 이야기다.

그런 탓에 톱스타가 되지 못한 사람들은 다른 방법으로 톱스타가 되고자 한다. 그래서 그들이 선택하는 건 '돈'의 힘을 빌리는 것이다.

그것이 바로 '스폰서'다.

자신이 가진 걸 상대에게 내주고 상대에게 돈을 지원받아 꾸준히 연예계에 얼굴을 내민다. 그렇게 인지도를 올려서 톱스타가 되는 것을 말한다.

지현은 고개를 세차게 저었다. 자신은 절대 그럴 생각이 없었다. 자꾸만 자신을 바라보는 박광호의 눈빛이 음침하게 느껴졌다. 그럴수록 건형이 보고 싶어졌다.

그렇지만 ANK 엔터테인먼트에서 스타플러스 엔터테인먼트로 소속사를 옮기면서 휴대폰을 일체 압수당했다.

그런 탓에 연락도 취할 수 없는 게 현실이었다.

지현이 입술을 깨물었다.

그래도 어떻게든 버텨 낼 생각이었다. 여기서 무너질 수는 없었다.

한편 건형은 언론의 호들갑 때문에 다른 데 신경 쓸 여유가 전혀 없었다. 그럴 수밖에 없는 게 어딘가 전화를 거는 게 어려울 정도로 휴대폰으로 끊임없이 전화가 몰려들었기 때문이다.

그렇다 보니 지현과도 전화 통화가 어려웠고 ANK 엔터테인먼트에 대한 관심도 소홀해진 상태였다.

전화가 걸려오는 곳은 언론사가 대부분이었다. 그밖에 학계에서도 종종 전화가 걸려왔고 방송국에서도 여러 차례 섭외 전화가 걸려오곤 했다.

그 모든 전화를 하나하나 관리한다는 건 정말 힘든 일이었다.

새삼스럽게 헨리 교수의 위엄이 느껴졌다. 그가 한 장난 때문에 일이 이 지경까지 꼬여 버린 셈이니 말이다.

요새 학교에서 건형은 경원시되다시피 하고 있었다.

건형에게 틈틈이 질문을 했던 교수님들은 건형을 마주보길 꺼려하고 있었다.

'리만 가설'이라는 희대의 난제를 증명한 천재 학부생이다. 그런데 그 실력이 단순히 수학에만 통용되는 게 아니라고 한다.

그렇다 보니 교수들도 설설 길 수밖에 없는 형편이 되어 버린 셈이다.

강의실에서 나온 건형은 휴대폰으로 전화를 걸었다. 그가 전화를 건 상대는 지현이었다.

[지금 전화를 거신 번호는 없는 번호이니 다시 확인 후……]

건형이 눈살을 찌푸렸다. 요 며칠째 계속 이러고 있었다. 아무리 봐도 무슨 문제가 생긴 게 틀림없었다.

지혁이 있었다면 이런 일을 재빠르게 알아봐 줬을 텐데 새삼 그의 빈자리가 느껴졌다. 아버지의 죽음에 관한 단서는 잘 찾은 건지, 혹시 어디 다친 건 아닌지 걱정스러웠다.

지혁이 정말 강한 사람인 건 알고 있지만 그 역시 인간이기 때문에 한계가 존재하기 마련이다. 총알이 비 오듯 쏟아지는 상황이면 그도 살아남지 못할 터.

일단 건형은 자신의 힘으로 지현에게 무슨 일이 생긴 건지 알아보기로 마음먹었다. 그리고 그는 ANK 엔터테인먼트에 관해 찾아보기 시작했다.

그리고 여러 루트를 통해 ANK 엔터테인먼트의 정보를 찾아보던 건형은 무언가 문제가 생겼다는 것을 알 수 있었다.

ANK 엔터테인먼트가 스타플러스 엔터테인먼트에 흡수된 것이었다. 흡수된 것은 며칠 전 일로 조만간 스타플러스 엔터테인먼트에서 공개 발표할 예정인 듯했다.

건형이 입술을 깨물었다.

골치 아픈 일이 터져 버렸다. 스타플러스 엔터테인먼트에서 먼저 치고 나선 것이다. 조용히 ANK 엔터테인먼트의 주식을 사들여서 경영권 방어를 할 생각이었는데 그게 물거품이 됐다.

건형은 곧장 이종수에게 전화를 걸었다.

지난번 한 차례 만난 적이 있어서 연락처가 남아 있었다.

얼마 지나지 않아 상대가 전화를 받았다.

건형이 말을 꺼냈다.

"오랜만이네요, 이종수 사장님."

[아, 누군가 했더니 박건형 씨였군요. 오랜만입니다.]

"ANK 엔터테인먼트에 무슨 일이 있습니까?"

건형은 단도직입적으로 물었다.

잠시 말이 없던 이종수 사장이 입을 열었다.

[ANK 엔터테인먼트는 이제 없습니다. 저도 더 이상 사장이 아니고요.]

"무슨 일이죠?"

[스타플러스 엔터테인먼트에 경영권을 넘겼습니다.]

"왜 경영권을 넘긴 겁니까? 그 회사가 어떤 회사인지 알고 계시지 않습니까!"

[어쩔 수 없었습니다. 스타플러스에서 제게 이사직을 주기로 했거든요. 물론 이름뿐인 이사이긴 하지만 개털이 돼서 쫓겨나는 것보다는 낫지 않겠습니까?]

"지현이는 어떻게 된 겁니까?"

[스타플러스로 계약이 넘어갔습니다. 앞으로 5년 정도 계약 기간이 더 남아 있습니다. 그건 그렇고 아예 본격적으로 사귀기 시작한 모양이군요.]

"……그럼 어떻게 하실 생각이십니까?"

[글쎄요. 한동안 이 바닥에서는 손을 뗄 생각이라서요. 지현이 하고는 연락이 안 될 겁니다. 휴대폰도 일체 압수당했거든요. 미안합니다.]

"알겠습니다."

건형이 전화를 끊으려 할 때였다.

[잠깐만. 스타플러스에 박광호라고 있습니다. 이 바닥에

서 꽤 유명한 인간이죠. 그자를 조심하는 게 좋을 겁니다.]

뚜우—

전화가 끊겼다.

건형은 그의 말을 곰곰이 곱씹으며 생각에 잠겼다.

일단 ANK 엔터테인먼트가 스타플러스 엔터테인먼트에 넘어간 건 알아냈다. 문제는 스타플러스 엔터테인먼트에 자신이 영향력을 행사할 수 없다는 데 있다.

스타플러스 엔터테인먼트는 ANK 엔터테인먼트와 같은 소규모 기획사가 아니다.

국내에서 내로라하는 기획사 중 하나로 소위 말하는 연예계를 주름잡고 있는 곳이다. 수많은 연예계 지망생들이 스타플러스 엔터테인먼트의 문을 두드리곤 한다.

그렇지만 대부분 번번이 좌절하고 자신의 꿈을 접기 일 쑤일 정도로 그곳에 들어가는 것 자체가 어렵다.

주식을 사들여서 경영권을 노리는 그런 방법으로는 개입 할 수 없다는 의미다.

그렇다면 어떤 식으로 들어가야 할까.

'연예 기획사들 대부분 지저분한 일들과 연관이 되어 있지. 그쪽을 건드려 봐야 하나.'

아무래도 연예 기획사는 이래저래 좋지 않은 일과 엮어

있을 가능성이 높다. 실제로 조직폭력배와 엮인 사례도 꽤
나 많고.

그렇다 보니 그쪽을 건드려 보면 박광호라는 사람의 약
점을 잡아낼 수 있을지도 몰랐다.

그렇지만 현재 가장 중요한 건 일단 지현을 안심시키는
일이다. 연락이 끊긴 지 벌써 사흘째다. 무슨 일이 있어도
이상하지 않을 시간.

더군다나 스타플러스 엔터테인먼트의 행태를 생각해 보
면 딱 답이 나온다.

결국 중요한 건 시간 싸움이었다.

어떻게 해야 할까 고민하던 건형은 일단 플뢰르가 머물
고 있던 숙소부터 찾아가보기로 했다. 회사는 옮겼어도 숙
소는 아직 옮기지 않았을 가능성이 있었기 때문이다.

그는 부리나케 스포츠카를 몰고 강남에 있는 그녀들의
숙소로 향했다. 그리고 엘리베이터를 타고 지난번 와 본 적
이 있는 그녀들 숙소 앞에 도착했다.

조심스럽게 초인종을 눌렀다.

아직 이 숙소에 남아 있기를 바라면서.

잠시 뒤, 안에서 목소리가 들려왔다.

저녁 늦은 무렵이라 그런가 조심스러워하는 기색이 역력

했다.

"누구세요?"

익숙한 목소리.

건형이 그나마 마음을 쓸어내리며 말했다.

"나야. 건형 오빠."

"어? 잠시만요."

안에서 문이 열렸다. 그리고 아직 앳되어 보이는 여자애가 빼꼼 고개를 내밀었다.

플뢰르의 랩퍼이면서 막내인 수현이가 분명했다.

"지현이 안에 있어?"

"지현 언니, 없어요."

"다른 멤버들은?"

"어? 건형 오빠?"

다른 멤버들도 종종걸음으로 나왔다.

그러나 지현만 이 자리에 없었다.

건형이 하연을 쳐다보며 물었다.

"하연아, 지현이 어디 갔어?"

"그게 그러니까⋯⋯."

하연이 말끝을 흐렸다. 건형은 참을성 있게 그녀가 대답하길 기다렸다.

잠시 뒤, 하연이 조심스럽게 입을 열었다.

"박 실장님이 지현 언니만 회사에 남으라고 해서요. 다른 멤버들은 다 집에 돌아가라고 하고서 지현 언니만 남게 했어요."

"그럼 지금 회사에 있는 거야?"

"그건 잘 모르고요. 저도 그것까지만 얼핏 들은 거라서요."

"박 실장이라는 사람 연락처 알고 있어?"

"그건 모르고 윤정후라는 사람 연락처는 알고 있어요."

"윤정후는 누군데?"

"박 실장님 밑에서 일하는 대리님이에요."

"한번 연락해서 지현이 어디에 있는지 물어봐."

"네, 알았어요."

하연이 수화기를 들었다. 그리고 윤정후의 연락처로 전화를 걸었다. 얼마 지나지 않아 윤정후가 전화를 받은 듯했다.

스피커폰으로 해 둔 상태로 하연이 말을 꺼냈다.

"저 윤 대리님. 저예요. 하연이에요."

[어? 하연이? 네가 무슨 일이야?]

술에 취한 걸까. 꼬부랑이 말투가 귀에 감겼다.

"아, 지현 언니가 숙소에 아직 안 들어와서요."

하연이 애교스럽게 말을 꺼냈다. 술에 잔뜩 취한 윤정후가 꼬부랑 목소리고 자연스럽게 이야기를 해 왔다.

[지현이야 바쁘지. 실장님이 얼마나 애지중지하는데. 지금 아마 VIP룸에서 술 마실걸? 왜? 너도 올래? 실장님은 아니지만 내가 특별히 봐 줄게.]

하연은 순간 욕지거리를 내뱉을 뻔했다가 꾹 참으며 물었다.

"어디신데요? 화장만 하고 나갈게요."

[너네 숙소하고 가까워. 강남에 C룸살롱이라고 있는데 거기로 오면 돼. 숙소 쪽으로 기사 보내 줄까?]

"아뇨. 제가 찾아갈게요."

하연은 재빠르게 전화를 끊었다. 온몸에 소름이 돋는 것 같았다. 잠자코 이야기를 듣던 건형이 자리에서 일어났다. 하연이 걱정스러운 얼굴로 물었다.

"괘, 괜찮으시겠어요?"

"내 여자야. 내가 지켜야지. 너흰 걱정하지 말고 있어."

건형은 곧장 자리를 박차고 일어났다. 그리고 C룸살롱을 향해 빠르게 움직이기 시작했다.

그러면서 평상시보다 훨씬 더 뇌의 움직임이 격렬해졌

다. 어마어마한 양의 호르몬이 분비되며 뇌의 움직임을 강렬하게 일깨웠고 그럴수록 건형의 세계가 더 팽창하기 시작했다.

분노라는 감정이 그를 잠식하면서 벌어진 일이었다.

그렇게 건형이 땅을 박차고 나아가는 속도가 조금씩 빨라졌다. 뇌에서 일어나는 변화가 육체에도 영향을 미쳤다.

가속도가 붙으며 건형은 순식간에 거리를 좁혔다. 그리고 얼마 지나지 않아 건형은 C룸살롱 앞에 도착할 수 있었다.

Chapter. 07

지현은 굳어진 얼굴로 자리에 앉아 있었다.

캄캄한 방 안에는 조명 몇 개가 희미하게 빛나고 있었다.

그녀는 입술을 질끈 깨물었다. 따라오지 않는다면 지금 즉시 그동안 지고 있던 빚을 갚아야 한다는 박광호 실장이 한 말 때문이었다.

그래도 지현은 절대 따라갈 수 없다고 반항했지만 박광호 실장이 아래 애들을 동원해서 지현을 강제로 끌고 오게 한 것이었다.

아무도 없는 조용한 방, 지현은 지금이라도 건형에게 연락을 하고 싶었다. 그리고 도와 달라고 간절하게 소리치고 싶었다.

문제는 연락할 방법이 도저히 없다는데 있었다.

숙소에도, 회사에서도 휴대폰을 비롯한 전화기를 일체 못 쓰게 하고 있기 때문이다.

그렇게 지현이 입술을 깨문 채 어떻게 해야 하나 고민하고 있을 찰나 문이 열리고 사내가 들어왔다.

그는 박광호 실장이었다.

"준비는 다 됐어?"

"절대 할 생각 없거든요."

"이상한 생각하지 마. 그냥 옆에 다소곳하게 앉아 있으면 돼. 노래 한 곡 불러 달라고 하면 그거 불러 주면 그만이고."

"……."

"이게 다 너를 위하고 나를 위하는 길이야. 너도 이제 슬슬 톱스타 될 때가 됐잖아. 그리고 집안 빚도 생각해야지. 안 그래?"

"전 절대 안 할 거예요. 그러니까 생각도 하지 마요."

"하, 이 계집애가 진짜 앙칼지게 구네. 이 바닥에 너 같은 애 널리고 널렸어. 네가 무슨 대단한 애인 줄 알아? 그냥 내가 시키는 대로 해. 그러면 내가 너 띄워 준다고. 어?"

박광호가 눈을 부라리며 소리를 질렀다.

"빨리 나오지 못해!"

지현이 몸을 수그렸다. 잔뜩 웅크린 채 최대한 뻐팅기려 했다.

결국 참다못한 박광호가 그대로 손을 들어 올렸다. 그리고 지현의 뺨을 후려갈겼다.

"꺄악."

"작작 하라고. 엉? 내 말이 말 같지 않아?"

"싫다고요! 싫어요!"

"진짜 이년을……."

박광호가 일그러진 얼굴을 한 채 지현을 강제로 끌고 가려고 할 때였다.

쉭—

누군가 갑자기 모습을 드러냈다.

그리고 그대로 박광호의 손을 붙잡았다.

박광호가 눈을 휘둥그레 뜰 때였다.

갑자기 숨을 내뱉기 힘들어졌다. 어느샌가 상대가 자신의 목을 움켜쥐고 있었다. 그리고 허공에 붕 떠 있는 상태였다.

박광호가 부르르 몸을 떨면서도 자신의 목을 움켜 쥐고

있는 상대를 보려 했다.

그렇지만 고개를 돌릴 수가 없었다.

엄청난 악력이 자신을 옴짝달싹 못하게 만들고 있었다.

"크으."

계속해서 비틀거리던 박광호가 마침내 정신을 잃고 축 늘어졌다.

그동안 바르르 떨던 지현이 조심스럽게 고개를 내밀었다. 그녀는 아직 무슨 상황이 일어난 건지 제대로 모르고 있었다.

그렇게 고개를 빼꼼 내밀어서 주변을 보던 지현은 박광호 실장이 테이블 아래 쓰러져 누워 있고 누군가 자신을 바라보는 느낌에 심장이 덜컥거리는 느낌을 받았다.

그런데 그 눈빛은 매우 부드럽기 이를 데 없었다.

마치 지방에 계시는 부모님이 생각날 정도로 따뜻한 눈빛이었다.

"당신은 누구……."

순간 그 사람이 갑자기 사라져 버렸다.

지현은 멍하니 그가 사라진 곳을 바라봤다. 갑자기 나타나서 자신을 도와주고선 순식간에 또 사라졌다.

이건 무슨 귀신을 본 것처럼 모든 게 희미했다.

도대체 어떻게 된 일인지 알 수 없었다.

그것도 잠시 지현은 주춤거리다가 자리에서 일어났다.

이 지옥 같은 곳에 계속 남아 있을 수는 없었다.

게다가 박광호 실장은 이미 뻗어 버린 상황.

그녀는 용기를 내서 문 밖으로 나왔다. 그러다가 문득 걱정이 됐다.

박광호 실장이 데려온 어깨들이 분명 룸살롱 앞을 지키고 서 있을 텐데 그들 눈을 피해 갈 수 있을까 하는 것 때문이었다.

그러나 막상 룸살롱 앞은 조용했다.

아무도 주변에 없었다.

지현은 그대로 택시를 잡아타고 숙소로 도망치듯 빠져나갔다.

숙소에 도착하는 대로 지현은 어떻게든 자신의 계약을 물릴 생각이었다. 설령 위약금을 열 배로 내는 한이 있더라도 말이다.

지현이 택시를 타고 돌아가는 모습을 보던 건형은 한숨을 길게 내쉬었다.

순간 감정을 조절하지 못하고 분노하자 뇌에 급격히 무리가 가는가 싶더니 자신도 모르게 폭발하고 말았다.

그러면서 건형은 신기한 경험을 할 수 있었다.

우선 신체적인 능력이 비약적으로 상승됐다.

보통 사람이나 다름없는 신체 능력이 월등하게 올라갔다. 100m를 14초 정도에 달렸던 달리기 속도는 10초대까지 빨라졌고 거기에 그 속도를 계속해서 유지할 수가 있었다.

뿐만 아니라 근력도 두 배 가까이 향상되면서 엄청 무거운 물건도 번쩍 들어 올리는 게 가능해졌다.

그렇게 순식간에 S룸살롱 앞에 도착한 건형은 강행돌파를 선택했고, 어마어마하게 향상된 청각을 바탕으로 지현의 목소리를 찾아내서 그녀를 구해 낸 것이었다.

그렇지만 그 이후 후유증이 발생했다. 폭발적으로 발생했던 근력이 원래대로 돌아왔고 속도도 줄어들었다.

그러면서 급격하게 힘이 빠져나갔고 결국에는 걷기 어려울 정도까지 되어 손가락을 움직이는 것조차 어려웠다.

그래서 지금 건형은 남들이 지나다니지 않는 골목길에서 벽에 등을 기댄 채 다시 체력이 회복되길 기다리고 있었다.

아무래도 이 비약적인 능력이 생겨난 건 일시적인 효과인 듯했고 그것을 유지하기 위해서는 막대한 양의 에너지가 필요했다.

평소에 비해 완전기억능력이 생긴 이후 고열량 음식, 특히 초코바 같은 것을 자주 먹긴 했지만 일시적으로 비약적인 움직임을 내기 위해서는 그보다도 훨씬 더 많은 에너지가 필요하다는 이야기였다.

즉, 양날의 검이나 다름없었다.

그렇게 삼십여 분 정도 휴식을 취하자 어느 정도 몸 상태가 원래대로 돌아오기 시작했다.

그제야 건형은 택시를 잡아타고 강남으로 향했다. 지현을 만나 봐야 했기 때문이다.

강남에 도착한 건형은 곧장 아파트로 올라갔다.

그가 들어오자 지현이 바로 안겼다. 얼마나 울었는지 눈동자는 새빨갰고 하염없이 눈물을 흘리고 있었다.

그런 지현을 위로하며 건형은 자초지종을 들었다.

박광호 실장이 가정사를 언급하며 어떻게든 뜨기 위해서는 스폰서를 잡아야 한다고 했으며 그래서 끌려가서 룸살롱에 갇혀 있던 일.

그러다가 누군가 나타나서 자신을 도와줬던 것까지 모든 걸 빠짐없이 밝혔다.

누군가 나타나서 지현을 도와줬다고 말했을 때 다른 멤버들이 건형을 의뭉스러운 얼굴로 쳐다봤다.

그녀들로서는 당연히 건형을 의심할 수밖에 없는 상황.

그러나 이어진 지현의 말에 그 의심을 거둘 수밖에 없었다.

"누군진 모르지만 힘이 엄청났어. 박광호 그 사람을 번쩍 들어 올렸거든. 그리고 그 사람이 부리던 조직폭력배들도 죄다 때려눕혀진 상태였고. 힘이 엄청 센 사람이었을 거야."

겉으로 보기에 건형은 힘이 있어 보이는 체격은 아니다. 도리어 마른데다가 딱히 근육질도 아니어서 힘이 없어 보이기까지 한다. 유약해 보인다고 해야 할까.

그렇다 보니 건형은 자연스럽게 의심 선상에서 배제될 수 있었다.

"그 룸살롱을 조사하러 온 경찰들 아니었을까?"

"그럴지도 몰라요. 여하튼 이제 어떻게 해요?"

어쨌든 일은 터졌다.

이렇게 된 이상 박광호는 순순히 있지 않을 게 분명했다.

그럴 수밖에 없는 게 스폰서를 물어왔는데 정작 그 스폰서를 대접해야 할 연예인이 도망쳤다. 아마 깨어나고 난 뒤 개쪽을 당했을 것이다. 앙갚음을 하려고 할 게 분명하다.

건형이 지현을 쳐다보며 물었다.

"위약금이 얼마나 돼?"

"저도 잘 모르겠어요. 계약서대로면 아직 오 년이나 계약 기간이 남아 있어서요."

"이참에 계약 끝내자. 위약금 내는 한이 있더라도 그렇게 하는 게 나을 거야."

"돈이 어디 있다고⋯⋯."

플뢰르는 아직 인지도가 낮은 그룹이다. 그나마 지현이 약간 이름값이 있고 나머진 무명에 가깝다.

그렇다 보니 돈을 벌어들였을 리가 없다.

그래서 지현이 계속 고민했던 것이기도 하다.

위약금이 얼마나 나올지 모르는데 무턱대고 계약 해지하고 싶다고 말할 수는 없는 거니까.

"괜찮아. 내가 내면 되니까."

"오빠⋯⋯."

건형이 퀴즈 상금으로 꽤 많은 돈을 벌었다는 건 알고 있다.

그러나 그중 대부분은 집을 사는데 썼고 아직 방송국으로부터 모든 돈이 다 들어온 것도 아니다. 그리고 건형은 아직 대학생인데 그렇게 많은 돈이 있을 리가 없을 게 분명했다.

건형은 그런 지현을 보며 피식 미소를 지었다.

현재 그의 통장 잔고는 계속해서 불어나고 있는 중이다.

아마 시간이 지나면 지날수록 눈덩이가 산을 타고 굴러 내려오듯 부풀어 오를 터다.

미국 주식시장에서 벌어들이는 돈이 어마어마하기 때문이다.

모든 걸 시시콜콜 이야기할 생각은 없었다.

지현을 믿지만 모든 걸 다 밝힐 수는 없는 노릇이니까.

그래도 안심은 시켜야 했다.

"걱정하지 마. 위약금이 얼마든 다 낼 수 있으니까. 너 말고 다른 멤버들도 다 해지하자. 그런 회사에 너를 더 이상 맡겨둘 수는 없어. 그리고 내일 곧장 집도 옮기자. 여기는 스타플러스 엔터테인먼트가 소유하고 있는 곳이니까 내일 바로 찾아올 게 분명해."

"어디로 가요?"

"일단 당분간은 호텔에서 머무르고 나중에 내가 집을 알아보던가 해 줄게."

"계속 부담만 줘서 어떻게 해요, 오빠."

"괜찮아. 네가 다치지 않은 것만으로도 다행이니까 걱정하지 않아도 돼."

건형이 힘 있는 목소리로 말했다.

두 사람의 대화를 잠자코 듣던 하연이 조심스럽게 물었다.

"건형 오빠, 괜찮을까요?"

"괜찮아. 잘 해결될 거야."

일단은 플뢰르 멤버들부터 해결한 다음 스타플러스 엔터테인먼트 일을 해결할 생각이었다.

만약 그쪽이 지저분하게 군다면 건형도 충분히 지저분하게 굴 마음이 있었다.

눈에는 눈, 이에는 이다.

자신의 주변을 건드리면 험한 꼴을 당할 수 있다는 것을 이번 기회에 분명하게 알릴 생각이었다.

어찌어찌해서 건형은 하룻밤을 플뢰르 숙소에서 머무르게 됐다. 이튿날 호텔로 옮기려면 같이 있는 게 나을 것 같다는 플뢰르 멤버들의 의견 때문이었다.

그렇게 건형은 거실 쇼파에서 하룻밤을 꼬박 보냈다.

잠을 자진 않았다. 최근 들어 잠을 자는 시간이 급격히 줄어든 탓도 있었고 혹시 박광호가 새벽에 찾아올 것을 염려한 탓이다.

아침이 밝아오자 건형은 일단 플뢰르 멤버들을 깨웠다.

그런 다음 그는 그녀들을 이끌고 짐을 챙기기 시작했다. 꼭 필요한 물건만 챙긴 다음 캐리어를 끌고 대규모 이동을 했다.

택시를 잡아타고 간 곳은 조금 멀리 떨어진 곳에 있는 호텔이었다.

"일단 여기서 머무르고 있어."

"계약 문제는 어떻게 해결하시려고요?"

지현이 건형을 조심스럽게 바라봤다.

건형이 웃어 보이며 말했다.

"정 걱정되면 같이 갈래?"

"제가요?"

"응. 어쨌든 네가 플뢰르 리더니까. 별일 없을 거니까 걱정하지 않아도 돼."

"……알았어요. 같이 가요."

회사로 돌아가는 건 무섭다. 박광호 그자의 뱀 같은 눈빛을 마주 보는 것도 싫다.

그렇지만 건형 혼자 보내는 건 싫었다. 무엇보다 자신하고 관계있는 일이다. 혼자 숨어서 모든 일이 해결되길 바랄 생각은 없었다.

"그래, 같이 가자."

다른 멤버들도 따라가겠다고 했지만 건형이 만류했다.

한 명쯤은 데리고 빠져나올 수 있겠지만 여러 명을 동시에 지키는 건 불가능한 일이다.

그렇게 그들을 타이른 다음 건형은 스포츠카를 타고 스타플러스 엔터테인먼트 빌딩으로 향했다.

스타플러스 엔터테인먼트 빌딩은 강남에 위치해 있다. 10층 규모에 현대식으로 지은 빌딩으로 그 규모 자체가 일단 어마어마하다.

괜히 3대 연예 기획사 중 한 곳으로 뽑히는 게 아니구나, 라는 걸 알려준다.

건형과 지현이 택시에서 내렸다.

두 사람은 꿋꿋한 발걸음으로 건물 안에 들어갔다.

건물로 들어서자 안내 데스크에 앉아 있는 여직원이 흠칫하며 놀라는 모습이 보였다.

건형이 앞으로 나서며 말했다.

"박광호 실장을 만나러 왔습니다."

"실장님은 지금 자리에 안 계시는데요."

"어디 갔나요?"

"아, 그게 저⋯⋯."

딱 봐도 감이 왔다. 지현을 잡으러 플뢰르 숙소로 간 게 틀림없어 보였다.

"기다리고 있을게요. 어디서 기다리면 되죠?"

"잠시만요. 휴게실에서 계시면 될 거예요."

1층에는 편의 공간이 많이 마련되어 있었다. 건형과 지현은 휴게실에서 앉아 박광호 실장이 오길 기다렸다.

그로부터 삼십 분 뒤, 여직원이 건형을 불렀다.

"박광호 실장님 오셨어요. 어떻게 연락드릴까요?"

"예, 그렇게 해 주세요."

"누구라고 전해드릴까요?"

"이지현과 그룹 플뢰르의 대리인이라고 전해 주시면 될 거 같네요."

"예, 잠시만요."

안내데스크 여직원이 전화를 걸었다. 그리고 이야기가 오고 갔다. 얼마 뒤, 여직원이 조심스럽게 전화를 끊고 난 뒤 말했다.

"박 실장님께서 올라오라고 하세요."

"몇 층이죠?"

"9층에 계세요."

"알겠습니다."

건형과 지현은 엘리베이터에 나란히 올라탔다.

엘리베이터가 두 사람을 태우고 가파르게 올라가기 시작했다.

지현은 계속해서 몸을 떨고 있었다. 아무래도 긴장이 되는 모양이었다. 건형이 그런 지현을 살짝 안아줬다.

"긴장하지 않아도 돼. 너가 잘못한 것도 아닌데 뭘 그렇게 걱정해. 손쉽게 해결할 수 있을 거야."

"믿어요, 오빠."

엘리베이터에서 내린 두 사람은 바로 앞에 있는 박광호 실장실 안으로 들어갔다.

박광호는 삐딱하게 사무실 의자에 앉아 있었다.

지현을 본 박광호가 서슴없이 눈을 부라렸다.

"너 어제."

지현이 파르르 몸을 떨 때 건형이 그 앞을 막아섰다.

"너는 또 어디서 굴러먹던 개……."

"지현이의 법정대리인입니다. 계약 문제를 해결하러 왔습니다."

"잠깐만. 뭐야? 너 박건형 맞지? 퀴즈쇼!"

"제가 누군지는 상관없는 일이고요. 계약 해지 때문에 왔습니다."

"뭐라고? 계약 해지? 어디서 말도 안 되는 개풀 뜯어먹는 소리야? 계약 해지할 생각 없으니까 썩 꺼져. 지현이 너는 연습실에서 대기하고 있어. 단단히 버릇을 고쳐줄 테니까."

"위약금도 지불할 테니까 지현이 뿐만 아니라 플뢰르 멤버들 전부 다 계약 해지해 주시죠."

"내가 왜? 내가 왜 그래야 하지? 플뢰르 때문에 ANK 엔터테인먼트를 인수한 거였는데?"

"……."

아무래도 일반적으로는 해결할 수 없을 것 같았다.

건형은 숨겨 뒀던 비장의 한 수를 공개해야 할 필요성을 느꼈다.

"정 그렇게 하면 작년에 있었던 P양 사건을 공개할 수도 있습니다."

"뭐, 뭐라고?"

박광호 실장이 눈을 크게 떴다.

설마 P양에 관한 사건을 언급할 줄은 몰랐다.

'그 사건은 깨끗하게 마무리했었는데…….'

그러나 어디까지 알고 있는지는 모른다.

박광호는 침착한 어조로 물었다.

"무, 무슨 소리를 하는 건지 모르겠군. 객쩍은 소리하지 말고 자네는 여기서 이만 빠지지."

"이렇게 말해도 모르면 언론사에 한번 찔러보는 수밖에. 스타플러스 엔터테인먼트의 숨겨진 스캔들, 이런 식으로 기사를 내면 곤란해지는 건 그쪽일 텐데?"

"……."

"그러니까 이쯤 하고 계약해지하는 게 낫지 않겠어요?"

"절대 그럴 수는 없어."

그럴 수는 없다.

이번 일은 박광호로서도 물러설 수 없는 일이다.

영세 규모나 다름없는 ANK 엔터테인먼트를 인수한 건 순전히 플뢰르 때문이었다.

그런데 플뢰르를 풀어줬다가는 꼼짝없이 손해를 기록할 게 분명했다.

ANK 엔터테인먼트에는 플뢰르를 제외하면 쓸만한 연습생들이 전혀 없는데다가 하나같이 오랜 시간 연습을 필요로 하기 때문이었다. 설령 그렇게 오래 연습을 시킨다고 해도 뜨는 건 극히 일부분뿐이었다.

건형이 얼굴을 구겼다.

좋게좋게 해결을 하는가 싶었는데 그러지 못하게 되어 버렸다.

"……하는 수 없죠. 법적으로 해결을 볼 수밖에요."

"법적으로 해결을 본다고? 어떻게?"

"어젯밤 불미스러운 일이 있었다죠? 그 일을 짚고 넘어가는 수밖에요."

'큭, 빌어먹을. 증거가 없을 텐데 이대로 밀어붙여야 하나?'

그렇지만 아무리 봐도 저 자신감이 마음에 들지 않았다.

사람을 불안하게 만드는 무언가가 있었다.

"조금 생각할 시간이 필요할 거 같은데 시간을 줄 수 있을까?"

"물론이죠. 제 번호로 연락주시죠."

"좋아. 가급적 빠른 시간 안에 결정을 내리지."

건형과 지현이 실장실을 나오려 할 때였다.

가만히 생각에 잠겨 있던 박광호가 뜬금없이 물었다.

"너는 계속 연예계 생활을 할 생각이냐?"

지현에게 한 질문이다.

지현이 고개를 끄덕였다.

가만히 있던 박광호가 이번에는 건형을 쳐다보며 물었다.

"두 사람은 무슨 관계지?"

"대리인이죠."

"……좋아. 내일 연락을 주지."

말이 대리인이지 딱 봐도 감이 잡혔다.

정 아니다 싶으면 이 부분은 이종수한테 물어보면 되는
일이었다.

어쨌든 연예계 생활은 계속할 거라고 했다.

어떻게든 계약을 5년 더 가져가는 게 스타플러스 엔터테
인먼트 입장에서는 바람직한 일이다.

이지현은 최근 들어 급격히 유명세를 타기 시작했고 그녀
의 음색이라면 충분히 시장에서 좋은 가치를 만드는데 유리
할 테니까.

그렇지만 상황을 보아하니 붙잡아 두는 게 어려울 것 같
았다.

작년 P양 사건은 크게 화제가 되었다가 귀신같이 파묻힌
연예인 성접대 사건이다. 그 P양은 스타플러스 엔터테인먼
트와 계약을 맺고 있었고 그 당시 P양을 성접대시킨 게 바
로 박광호다.

박광호는 그녀를 스폰서 받고 성접대를 시키며 재계 인사
들과 두루두루 영향력을 쌓아 왔다. 또, 그녀도 C급 배우에
서 제법 인지도를 구축할 수 있었다.

그렇지만 성접대를 했다는 것 때문일까.

그녀는 조금씩 우울증을 앓기 시작했고 결국 그 해 겨울이 가기 전에 자살했다.

그러나 자살하기 전 그녀는 자신이 성접대를 했던 상대가 누구인지, 어떤 일을 당했는지 등 모든 걸 유서로 남겼고 그게 언론에 공개되면서 순식간에 일이 커졌다.

왜냐하면 성접대를 받은 그 명단에는 언론 관계자, 기획사 대표, 금융업체 대표뿐만 아니라 전 현직 국회의원도 포함되어 있었기 때문이다.

일각에서는 그것을 가리켜 정경연유착이라고 부르며 정치계와 경제계, 연예계가 유착되어 있는 관계이고 그들의 욕심이 한 여배우를 죽음으로 몰아넣었다, 라고 보도했었다.

그러나 그것도 잠시 이내 그 사건은 시들시들해졌고 크고 작은 일이 연달아 터지면서 소리 소문 없이 묻힌 지 오래였다.

그런데 그 P양 사건을 다시 언급했다는 건 그 사건에 대해 어느 정도 알고 있다는 이야기고 그와 관련이 있는 정보를 알고 있을지도 모른다는 이야기였다.

물론 이게 허세일 수도 있지만 그렇게 근거 없는 자신감을 부릴 것이라고는 생각되지 않았다.

그뿐만 아니라 어젯밤 있던 일도 그랬다.

얼마나, 어디까지 아는지 모르지만 그것도 여간 신경 쓰이는 일이 아니었다.

더군다나 작년에 있던 P양 사건과 이번 일이 같이 엮이게 된다면 여러모로 피곤해지는 건 분명하고 잘못하면 이 바닥을 떠나 있어야 할지도 모를 일이었다.

그럴 바에는 한시라도 빨리 일단 진흙탕에서 발을 빼는 게 우선이었다.

"여기서는 내가 한 발자국 물러나지. 그러나 그렇게 호락호락 쉽게 풀리진 않을 거야. 연예계 생활을 계속할 거라고? 하긴 꿈이 가수라고 했으니까. 좋아, 두고 보자고."

이튿날 박광호는 그룹 플뢰르와 계약을 해지했다. 위약금은 두 배를 물어야 했다. 다섯 명 모두의 위약금을 지불해야 하니 생각보다 돈이 꽤 많이 나왔다.

족히 10억이 넘어가는 큰돈이었다.

그러나 건형은 아무렇지 않게 그 돈을 건넸다.

오히려 박광호가 놀랐을 정도.

그렇게 계약을 해지한 후 건형은 일단 플뢰르 멤버들을 하나하나 마주했다.

지현, 하연, 수영, 수현.

그녀들을 마주 보며 건형이 물었다.

"계약은 해지했어. 이제 스타플러스에서 더는 너네들을 괴롭히는 일은 없을 거야. 위약금 문제는 신경 쓰지 마. 사실 내게 너흰 여동생이나 다름없으니까."

문득 그 말을 하면서 아영이 생각났다. 수학능력시험 공부는 잘하고 있는지 궁금했다. 언제 한번 집에 들러야 할 것 같았다.

어쨌든 건형이 마저 말을 꺼냈다.

"이제 이후의 선택은 너희 몫이야. 연예계 생활을 계속해도 좋고 다른 일을 찾아봐도 돼. 어떻게 하고 싶어?"

다들 서로의 얼굴을 마주 봤다.

그러더니 지현이 먼저 말을 꺼냈다.

"오빠, 저는 원래 가수가 꿈이었어요. 계속 가수하고 싶어요. 그리고 그건 다른 애들도 마찬가지일 거예요."

플뢰르라는 이름으로 뭉쳐서 여태껏 함께해 온 아이들이다.

그동안 그룹으로 활동하면서 알게 모르고 쌓아온 정도 많을 터.

쉽게 헤어지는 건 어려운 일일 터다.

게다가 아직 성공한 것도 아니고.

"그래, 그러면 새로운 기획사를 찾아보자."

어차피 논문은 발표가 됐고 그것을 검증 받는 데는 2년이라는 시간이 걸리는 상황. 헨리 잭슨 교수도 그에 관해서는 더 이상 가타부타 말이 없었다.

최근 들어 건형의 인지도가 점점 세계에 알려지기 시작하면서 전화가 부쩍 자주 오곤 했다. 몇몇 사람들 같은 경우 자신의 논문을 봐주길 원했고 그게 아니면 국내 혹은 미국이나 유럽 쪽 대학교에서 자신의 학교에 방문해서 직접 강연을 해 주길 부탁하고 있었다. 물론 그때마다 건형은 계속해서 번번이 거절하고 있었지만.

미국으로 갈 수 있는 건 분명히 좋은 기회였다. 와이드너 도서관에도 한번 찾아가 보고 싶었고 국회도서관도 방문하고 싶었다.

그에게 주어진 O1비자는 아직도 유효했다.

그렇지만 국내에 해결해야 할 일이 산적해 있었다.

스타플러스 엔터테인먼트의 박광호 실장은 결코 쉬운 상대가 아니다. 그러니 뒷마무리도 분명히 잘 해 둬야 했다.

그뿐만 아니라 플뢰르의 기획사 문제도 확실하게 잡아둬야만 한다. 지현 같은 경우 정 안 되면 결혼해서 데리고 살면 되겠지만 지현 본인이 그것을 싫어할 가능성이 컸다.

결혼하고 싶지 않다는 게 아니라 본인의 꿈을 이루고 싶어 하리란 이야기다.

능력이 되는 한 그들을 책임져야 했다.

한편 '대한민국, 퀴즈에 빠지다!' 의 경우 계속해서 시청률이 상승해서 웬만한 예능 프로그램 못지않은 시청률을 보이고 있었다.

당연히 진명제 PD는 연일 함박웃음을 띠우고 있었고.

이 부분에 있어서 걱정할 필요는 더는 없었다.

관건은 플뢰르의 새로운 기획사를 구해야 하는 상황.

스타플러스 엔터테인먼트 말고도 기획사는 많았다.

3대 기획사 중 나머지 두 곳에 들어가도 되고 아니면 중견 기업 규모의 연예 기획사에 들어가도 됐다.

지현이 평소 생각해 둔 곳이 있는지 조심스럽게 말을 꺼냈다.

"사실 저는 예전부터 드림 엔터테인먼트에 가보고 싶었어요."

드림 엔터테인먼트.

국내에서 세 손가락 안에 손꼽히는 연예 기획사 중 한 곳이다.

스타플러스 엔터테인먼트가 웬만한 수준급 이상의 아이돌을 찍어내는 곳이라면 드림 엔터테인먼트는 각자의 개성을 살린 아이돌을 만들어 낸다고 할 수 있다.

지현 같은 경우에는 스타플러스 엔터테인먼트보다는 드림 엔터테인먼트가 더 잘 맞을 수도 있었다.

그렇게 결정을 내린 뒤, 지현이 조심스럽게 드림 엔터테인먼트에 전화를 걸었다. 그리고 그녀는 한번 테스트를 받아보면 안 되겠냐고 물었다.

자신을 포함해서 플뢰르 멤버 전원이 말이다.

그런데 그녀의 얼굴이 침울해졌다.

건형이 의아한 얼굴로 지현을 바라봤다.

그녀의 노래 실력이면 테스트를 보지 않아도 바로 합격할 수 있을 것이다.

그런데 왜 저렇게 우울해하는 것일까.

설마 다른 플뢰르 멤버들은 안 된다고 한 것일까?

그때, 전화를 끊은 지현이 풀이 죽은 얼굴로 말했다.

"테스트를 볼 수 없다고 하네요."

"아예 테스트를 볼 수 없는 거야?"

"네……."

지현은 다른 연예 기획사에도 전화를 걸었다.

또 다른 삼대 기획사도, 중소 기획사도 모두 테스트를 거절했다.

3대 기획사라면 이해가 갈 법하지만 중소 기획사도 테스트를 거절한다는 건 문제가 있었다.

플뢰르를 놓고 이야기해 본다면 중소 기획사로서는 그야말로 황금알을 낳는 거위가 품 안에 안기는 것이나 다름없으니까.

그런데도 거절을 했다고?

분위기가 수상쩍었다.

건형이 한숨을 내쉬며 말했다.

"박광호, 그 사람이 손을 쓴 거야."

"다른 연예 기획사한테 손을 썼다고요?"

"그래. 그 정도야 어렵지 않겠지. 그 사람은 분명히 우리한테 앙심을 품고 있을 거야. 어떻게든 연예계 활동을 막으려고 하겠지. 그러려면 애초에 연예 기획사에 들어가지 못하게 막는 게 최고일 테고. 그자의 영향력이 크다보니 다들 옴짝달싹 못 할 수밖에 없는 걸 거야."

"그러면 어떻게 해야 하죠?"

매니저 없이 활동하는 연예인들도 많다. 즉, 연예 기획사가 없어도 활동은 할 수 있다.

그렇지만 불편하다. 그리고 번거롭기 일쑤다. 스케줄도 연예인이 다 잡아야 하고 코디, 화장 모든 걸 직접 제 손으로 해야 한다.

그게 쉬울 리가 없다.

무엇보다 이 연예계 바닥도 인맥이 우선이다.

아무리 능력이 잘났어도 PD나 CP가 뽑지 않으면 무용지물이다.

음악 프로그램에 출연을 해야 하는데 그 담당 PD가 출연을 시키지 않으면 아무 소용이 없다는 의미다.

그렇게 생각해 보니 설령 연예 기획사를 구한다고 해도 걱정이 되었다.

박광호는 스타플러스 엔터테인먼트의 실세다.

만약 그가 플뢰르가 들어간 영세 규모의 기획사를 음악 프로그램에 출연시킬 경우 자신 소속사의 가수들을 일체 출연시키지 않겠다고 하면?

음악 프로그램 PD 입장에서는 양자택일이 될 테고 당연히 전자보다는 후자를 신경 쓸 수밖에 없다.

그룹 플뢰르 하나 때문에 음악 프로그램 자체를 말아먹을 수는 없는 노릇이니까.

결국 이렇게 된 이상 방법은 하나뿐이었다.

정면 돌파.

박광호를 어떻게든 저 자리에서 끌어내려야 했다.

그러려면 대형 건수 하나를 터트리는 수밖에 없었다.

'일단 그 부분은 미뤄 두고.'

어차피 박광호에 관해 터트릴 일은 많다.

시기가 문제일 뿐이다.

중요한 건 그룹 플뢰르의 미래다.

이대로면 다른 소속사를 구하는 건 어려운 일이다. 중간에 계약 해지를 해 버리고 나온 그룹을 덜컥 받아들이는 것도 사실 쉬운 일은 아니다. 그들이 언제 또 나간다고 할지 모르니까.

그러다가 문득 건형이 생각한 게 있었다.

지난번 퀴즈쇼에서 자신은 한 여성 출연자의 잠재력을 이끌어낸 적이 있었다. 취업도 못 하고 백수 신세였던 그녀의 재능을 일깨웠고 그 결과 그녀는 유치원 때 반년 그림을 배웠던 게 전부였는데 놀라울 정도로 생동감 있는 그림을 그릴 수가 있었다.

이 능력이라면?

연예인 지망생들에게도 그들의 끼와 재능을 찾게 해 주는 게 가능해질 터였다.

    마치 지현의 잠재력을 더욱더 극대화시켜서 그녀의 노래가 사람의 심금을 울리게 했듯이.

    "그래, 차라리 내가 기획사를 새로 차리겠어."

    새 술은 새 부대에 담으라고 했던가?

    자신이 기획사를 하나 새로 차리면 모든 게 완벽하게 해결되는 문제였다.

Chapter. 08

기획사를 설립한다고 해도 시간이 없을 건 분명한 사실
이었다. 자신이 모든 걸 일일이 나서서 해결하기엔 시간이
부족했다.

무엇보다 이 바닥에 능통한 전문가가 필요했다.

그래야 효율적으로 일을 진행할 수 있을 것 같았다.

자신도 충분히 전문가만큼 할 수 있지만 몸이 여러 개인
건 아니니까.

그래서 건형은 쓸 만한 사람을 물색해 보기 시작했다.

은퇴한 PD도 괜찮고 과거 기획사를 운영해 본 사람이어

도 괜찮았다.

그렇게 쓸 만한 사람을 찾아봤지만 마땅히 눈에 차는 사람이 없었다.

그러다가 문득 이런 생각이 들었다.

차라리 그럴 바에는 영세 규모의 기획사를 인수해서 그것을 키워 보면 어떨까 하는.

새롭게 기획사를 만드는 것에는 여러모로 시간과 비용이 많이 소모되다 보니 기존에 운영되고 있는 업체 하나를 인수하는 게 더 싸게 먹힐 게 분명했다.

무엇보다 이미 완성된 체계가 있다 보니 크게 손 볼 구석이 없다는 것도 장점이었다.

그러던 건형 눈에 포착된 곳이 하나 있었다.

한때 잘 나가던 기획사로 3톱 안에 든 적도 있던 곳이다.

그러나 무리한 경영난으로 인해 규모가 급격히 줄어들었고 급기야는 스타플러스 엔터테인먼트에 연예인을 다수 빼앗기면서 몰락하고 만 영세 규모의 기획사가 하나 있었다.

레브 엔터테인먼트.

건형이 노리는 곳은 바로 '레브 엔터테인먼트'였다.

* * *

레브 엔터테인먼트는 강남구의 한 빌딩에 둥지를 트고 있는 곳으로 한때 잘 나가던 기획사였지만 지금은 그저그런 소규모 기획사로 전락해 버린 지 오래였다.

레브 엔터테인먼트의 사장은 올해 쉰다섯의 정명수로 그는 이마에 내천 자를 그려가며 얼굴을 잔뜩 구기고 있었다.

"사람이 없어. 사람이."

한숨이 절로 나왔다.

매년 수십만 명이 연예인이 되고자 기획사의 문을 두드린다.

그렇지만 알짜배기들은 죄다 대형 기획사로 빠지고 남은 잔챙이들을 소규모 기획사들이 건져 내는 편이다.

물론 그런 잔챙이들 중에서도 성공한 사례는 몇몇 있다.

그러나 그 경우는 극히 희귀하며 알짜배기들 중에서 성공한 사례를 찾는 게 훨씬 더 쉽다.

정명수는 신문을 활짝 펼쳤다.

스타플러스 엔터테인먼트가 ANK 엔터테인먼트를 인수합병했다는 기사가 대문짝만큼 실려 있었다.

거대 공룡이 그 세를 더욱더 불리며 확장해 가는 모양새를 보니 속이 쓰렸다.

그는 미니 냉장고 안에 들은 갤포스 한 병을 꺼내 벌컥벌컥 들이켰다.

"박광호 빌어먹을 새끼 같으니라고."

사람들은 레브 엔터테인먼트가 무리하게 확장을 하다가 망했다고 알고 있지만 실상은 그것과 다르다. 레브 엔터테인먼트가 급격하게 무너진 건 연예인들의 계속된 이적 때문이다.

그동안 레브 엔터테인먼트의 돈줄이 되어 줬던 S급, A급 연예인들이 죄다 스타플러스 엔터테인먼트로 발길을 돌렸다.

처음에만 해도 대수롭지 않게 생각했던 정명수는 뒤늦게 박광호가 이 일에 개입해 있다는 것을 알게 됐다.

박광호의 뒷배를 봐주는 사람이 누군지는 알 수 없지만 그자의 도움 덕분에 어마어마한 자금력을 바탕으로 레브 엔터테인먼트의 알짜배기들을 쏙쏙 빼 가기 시작한 것이다.

이 바닥 기획사는 얼마나 많은 알짜배기들을 가지고 있느냐로 경쟁력을 논하게 된다.

자기 기획사의 S급 연예인이 어떤 PD가 새로 하는 프로그램에 한번 얼굴을 비춰 주게 되면 그 기획사의 B급, C급 연예인들이 덩달아 얼굴을 비추거나 고정을 꿰어 찰 수도 있을 만큼 영향력이 무지막지하다.

그래서 괜히 이 바닥 FA시장이 치열해진 게 아니다. S급 연예인을 몇 명 갖고 있느냐가 그 기획사의 생존력을 좌지우지하니까 말이다.

그러나 레브 엔터테인먼트는 자사의 S급 연예인들을 지키지 못했고 결과적으로 그것은 레브 엔터테인먼트가 대형 기획사에서 영세 규모의 기획사로 전락하는 계기가 되어 버렸다.

"하아, 가만히 있어 보자. 이번 달 실적이…… 영 개판이네. 에휴, 내 신세가 말이 아니다. 말이 아니야."

매달 적자만 보고 있음에도 정명수가 이 바닥을 떠나지 못하고 있는 건 여전히 레브 엔터테인먼트 밑에 남아 있는 소수의 연예인들 때문이었다.

자신을 끝까지 믿고 따라와 줬는데 그들을 배신하고 혼자 나 몰라라 도망친다는 건 절대 할 수 없는 행동이었다.

그렇게 멍하니 허송세월을 보내고 있을 때였다.

며칠 전 연락이 왔던 그 그룹이 문득 생각났다.

그룹 플뢰르.

여자 아이돌 그룹으로 ANK 엔터테인먼트의 기대주, 알짜배기나 다름없던 애들이다.

특히 플뢰르의 리더 이지현 같은 경우 연예인 버금가는 외모에 뛰어난 가창력, 독특한 음색 때문에 기대치가 높았다.

그런데 스타플러스 엔터테인먼트하고 무슨 불화가 생긴 건지 갑자기 계약 해지를 했다고 했다. 그러고는 여러 군데 기획사에 제의를 넣어 본 모양이었다.

하지만 대부분의 기획사들은 그녀를 비롯한 플뢰르 멤버들을 받아들일 수가 없었다.

왜냐하면 스타플러스 엔터테인먼트에서 그것을 허용하지 않고 있어서였다. 만약 플뢰르하고 계약을 맺는다면 스타플러스 엔터테인먼트하고 전면전을 벌이는 것으로 알고 어떻게든 보복하겠다고 협박까지 넌지시 했었으니까.

그렇다 보니 대부분 플뢰르의 영입을 꺼릴 수밖에 없었다.

"그래도 이렇게 될 줄 알았으면 우리 회사로 데려올 걸 그랬나. 어차피 사람도 별로 없는데……."

정명수는 머리를 긁적였다. 상황이 복잡했다. 아예 스타플러스 엔터테인먼트하고 완전하게 척을 지는 한이 있더라도 플뢰르를 데려왔으면 낫지 않았을까, 라는 생각이 든 것이다.

레브 엔터테인먼트한테 지금은 이래도 망하고 저래도 망하는 상황이었으니까.

"지금이라도 연락을 한번……."

그때였다. 인터폰이 울렸다.

"무슨 일 있어?"

[사장님, 손님이 오셨는데요.]

"손님? 누군데?"

[박건형 씨가 오셨어요.]

"박건형? 어디서 많이 들어본 이름인데…… 아, 설마 그 퀴즈의 신?"

이름을 들어본 적이 있다.

아니, 이 바닥에서 그 사람 이름을 모르는 사람은 없을 것이다.

게다가 최근 들어 '리만 가설'을 증명하면서 일약 그 몸값이 천정부지로 치솟았다. 최근 들어 각종 학계에서 그 사람을 보고자 안달이 났다고 하지 않던가.

그런데 그 사람이 왜 자신을 만나러 온 건지 이해가 가질 않았다.

'나를 만나야 할 일이 있던가?'

그때, 비서의 목소리가 그를 일깨웠다.

[그리고 플뢰르의 이지현 씨도 같이 오셨어요.]

'플뢰르?'

정명수의 눈빛이 번뜩였다.

아직 확신할 수는 없지만 이것은 분명히 레브 엔터테인먼트한테 어떤 식으로든 기회가 되어 줄 게 분명했다.

그리고 오랜 시간 이 바닥에서 일해 온 경험에 비춰 볼 때 그것은 호재로 작용할 가능성이 높아 보였다.

건형과 지현은 정명수를 마주 봤다.

눈빛은 탁하고 얼굴엔 피곤함이 역력해 보였다. 그럼에도 불구하고 악한 사람은 아니라는 생각이 들었다.

무엇보다 그 사람의 평판을 들어 보면 됨됨이를 알 수 있다고 했는데 들리는 소문에 따르면 그 됨됨이도 나쁘지 않다고 말할 수 있었다.

게다가 스타플러스 엔터테인먼트하고도 척을 지고 있을 뿐더러 특히 박광호한테 앙심을 품고 있다는 것은 여러모로 그들에게 유리한 상황이었다.

건형과 지현이 앉고 정명수가 맞은편에 앉았다.

비서가 커피를 끓여 오고 난 뒤 이야기가 시작됐다.

먼저 말을 꺼낸 건 정명수였다.

"두 분이 같이 오실 줄은 몰랐네요."

"제가 지금은 지현의 법정대리인이거든요. 여하튼 처음 뵙겠습니다. 박건형입니다."

"소문은 많이 들었습니다. 요즘 화제의 인물이기도 하시니까요. 그보다 지현 양의 법정대리인이라는 말은……."

"예. 스타플러스 엔터테인먼트하고 계약 해지를 주도한 것도 제가 한 일입니다."

"그럴 거 같았습니다. 박광호 그 인간이 자신이 잡은 먹이를 쉽게 내줄 사람은 아니니까요."

"그 때문에 꽤나 속을 썩이긴 했습니다. 그래도 잘 해결됐다는 게 다행이긴 하네요."

"웬만하면 그렇게 못 할 텐데요. 후우, 어쨌든 슬슬 용건을 들어 볼까요? 우리 회사에 찾아오신 이유를 알고 싶습니다."

"아무 소속이 없는 연예인이 기획사를 왜 찾아오겠습니까? 생각보다 되게 짓궂으신 분이군요."

"하하, 혹시나 해서 그랬습니다. 그렇다는 건 플뢰르가 우리 기획사에 들어오고 싶다는 의미인가요?"

"예, 맞습니다."

"흠, 아실지 모르겠지만 플뢰르는 지금 웬만한 기획사라면 죄다 꺼리고 있을 겁니다. 박광호 실장이 입김을 불어넣은 거 때문이죠."

"예상하고 있던 일이긴 합니다."

기획사들이 줄줄이 거절하고 있을 때부터 어느 정도 예상하고 있던 일이었다.

플뢰르는 지금 이 시장에서 그렇게 나쁘지 않은 포지션을 잡고 있다.

될성부른 떡밥일지도 모른다.

그렇지만 지현의 성장세도 그렇고 여러모로 기대가 가는 상황.

기획사 입장에서는 탐을 낼 수밖에 없다.

그렇지만 문제는 역시 스타플러스 엔터테인먼트다. 그들이 본격적으로 방해를 하고 나선다면 레브 엔터테인먼트 입장에서는 여러모로 부담이 갈 수밖에 없다.

그들의 영향력은 지금 이 바닥에서 가장 크다고 할 수 있으니까.

건형이 그런 정명수의 걱정을 읽었다.

"걱정하지 않으셔도 됩니다. 제가 레브 엔터테인먼트에 투자를 할 생각입니다. 그러면 충분히 믿으실 수 있겠죠?

예전 못지않은 규모로 키워 드리겠습니다."

"하, 그게 무슨 애 이름인 줄 아십니까?"

끽해 봤자 얼마나 투자하겠는가?

몇 억 정도?

그 정도로는 애들 코에도 못 묻힌다. 어차피 이 바닥도 돈으로 움직이고 수십 억에서 수백 억이 오고 가는 마당이니 적어도 몇십 억은 되어야 투자 받았다고 할 수 있을 것이다.

그런데 이십 대가 그 정도 돈을 가지고 있을까?

그렇다고 재벌2세나 자수성가한 부자도 아닌데 말이다.

의심이 갈 수밖에 없는 상황이다.

"제가 돈이 없을까 봐 의심하시는군요. 얼마쯤이면 될까요? 레브 엔터테인먼트 지금 주가가 얼마였죠? 대략 이백 원 정도 하던가요?"

한때 주당 1만 원에 가까웠던 것과 비교하면 지금 레브 엔터테인먼트의 주식은 휴지 쪼가리나 다름없어진 상태.

그도 그럴 것이 순이익률은 물론 영업 이익률도 계속해서 적자를 기록했기 때문이다.

건형이 웃으며 말했다.

"한번 같이 손을 잡아보시는 건 어떻습니까? 경영권은

필요 없습니다. 그 부분은 염려하지 않으셔도 될 겁니다."

"……."

이 사람을 믿어도 될까?

그때, 건형이 그에게 무언가를 꺼내 보였다.

그리고 그것을 본 순간 정명수가 눈을 휘둥그레 떴다.

"이게 정말입니까?"

"제가 당신을 속일 이유가 없지 않습니까?"

"좋습니다. 한번 같이 일해 보죠."

건형이 자신만만한 얼굴로 말했다.

"나중에 시간이 지나면 오늘 한 이 선택을 최고의 선택이라고 생각하시게 될 겁니다."

박광호는 씰룩거리는 입술을 애써 진정시켰다.

어젯밤 괜찮은 스폰서를 하나 문 덕분이다. 지현 일 때문에 틀어질까 걱정했는데 다행히 일이 잘 해결됐고 그 덕분에 실적도 꽤 올릴 수 있었다.

그렇지만 여전히 지현을 생각해 보니 기분이 께름칙했다. 자신 말만 잘 들었어도 향후 5년 안에 톱스타 반열에 오를 수 있었을 것이다. 정말 아쉽기 이를 데 없었다.

마저 업무를 보고 있을 때였다. 윤정후가 다급한 얼굴로 들어왔다.

"저 실장님, 문제가 생겼습니다."

"문제? 무슨 문제?"

"레브 엔터테인먼트 말입니다. 대규모 투자가 들어왔다
고 합니다."

"대규모 투자? 그 망해가는 곳에 누가 돈을 쏟아붓는다
고 그래? 완전 쫄딱 망한 거나 다름없지 않았나? 끽해야 B
급 배우 몇 명 데리고 있는 거 아니었어?"

"그게…… 그리고 플뢰르하고 계약했다고 합니다."

"뭐라고? 지금 당장 정 대표한테 전화 걸어. 지금 당장!"

"아, 예, 알겠습니다. 잠시만 기다려 주십시오."

박광호의 얼굴이 잔뜩 구겨졌다. 방금 전까지만 해도 기
분이 날아갈 듯 상쾌했는데 그게 개판이 되어 버렸다.

얼마 지나지 않아 전화가 연결됐다.

박광호가 으르렁거리는 듯한 목소리로 거세게 소리를 질
렀다.

"정 대표! 지금 막 가자는 겁니까?"

[허허, 박 실장. 진정하라고. 무슨 일이야?]

"이미 소문 다 났습니다. 플뢰르하고 계약하셨다고요?
제가 분명히 경고했을 텐데요. 플뢰르 애들 절대 계약해 주

지 말라고요. 만약 그러면 전면전 각오하라고까지 말했던
걸로 기억하는데."

[하하, 별수 없잖습니까? 우리도 먹고 살아야 하는 입장
인데 자유 계약 상태로 괜찮은 걸그룹 한 팀 구할 수 있다
면 거저먹는 장사죠.]

"그렇게 나오겠다는 겁니까? 각오하십쇼. 이건 우리한테
선전포고한 거나 다름없습니다."

[스타플러스만 이 바닥에 있는 게 아닌데 너무 막 나가시
는 거 아닙니까? 그러고 보니 요새 스타플러스에서 재계약
소식이 영 지지부진하던데 말이죠. 기대해도 좋을 겁니다.]

뚜우—

전화가 끊겼다.

박광호가 얼굴을 구겼다.

"이 씨—발! 이 새끼를 내가 진짜……."

욕이 절로 나왔다.

그동안 설설 기던 놈이 이제 와서 이렇게 나대는 걸 보아
하니 옆에 있었으면 멱살을 잡고 귀싸대기를 한 대 날렸을
것이다.

그렇지만 한편으로는 근거 없는 그의 자신감이 불안했
다. 기껏해야 몇 억 정도 투자받았을 텐데 무슨 자신감을

그렇게 보이는 건지 궁금했다.

"윤 대리, 지금부터 레브 엔터테인먼트를 자세하게 뒤져. 사소한 것부터 시작해서 다 빠짐없이 알아내. 알았어? 개미가 몇 마리 있는지 더듬이 개수는 몇 개인지 다 알아내라고!"

"알겠습니다. 실장님."

"이 미친…… 가만히 있어 보자. 이럴 때가 아닌데."

윤정후가 헐레벌떡 나가고 난 뒤 박광호가 어디론가 전화를 걸었다.

"하하, 예, 잘 좀 부탁드리겠습니다."

이런저런 곳에 로비를 찔러 넣기 위함이었다.

그가 전화한 곳은 여러 군데였다.

방송국 관계자들부터 시작해서 언론인, 그리고 국회의원가지 다양했다.

그렇게 어느 정도 연락을 끝내 놓은 뒤에야 박광호가 한숨을 길게 내쉬었다.

왠지 모르게 최근 들어 일이 잘 안 풀리고 있었다.

그리고 그것이 자꾸 자신을 불쾌하게 만들고 있었다.

*   *   *

건형은 레브 엔터테인먼트를 천천히 둘러봤다.

아무래도 지난번 갔다 왔던 스타플러스 엔터테인먼트와 비교하게 되다 보니 더욱더 그럴 수밖에 없었다.

그래도 발전 가능성이 아예 없는 건 아니었다.

생각보다 꽤 괜찮은 연습생들이 몇 명 있었다.

그렇다고 해서 그들 전부의 잠재력을 일깨워 줄 생각은 없었다.

애초에 그 일은 힘이 너무 들어가는데다가 무엇보다 그들의 잠재력을 일깨워 준다고 한들 그들을 완벽하게 믿을 수는 없는 일이었다.

만약 잠재력을 애써 일깨워 줬는데 덜컥 다른 곳하고 계약이라도 한다면?

속된 말로 망하는 거였다.

그런 일을 막기 위해서라도 믿음이 가는 사람들만 도와줄 생각이었다.

정 안 되면 계약서를 쓴다던가.

그렇지만 계약서를 진짜로 쓸 생각은 없었다.

애초에 그 정도밖에 안 되는 관계라면 차라리 깔끔하게 포기하는 편이 나을 테니까.

레브 엔터테인먼트에 있는 연습생은 모두 십여 명 남짓.

그중 배우를 노리는 애가 여섯, 가수를 꿈꾸는 애가 넷이었다.

그렇지만 다들 다른 기획사를 거쳐거쳐 들어와서 그런가 실력이 출중한 편은 아니었다.

건형은 정명수 사장의 허락을 받고 그들을 일대일로 대면하기 시작했다.

그렇게 몇몇을 대면한 건형은 그들이 영 별로라는 인상을 받았다.

대화를 나눠 보면 어느 정도 느낌이 오기 마련인데 다들 레브 엔터테인먼트를 그냥 거쳐 가는 곳 정도로 생각하고 있었다.

이런 사람들은 잘 풀린다고 해도 레브 엔터테인먼트에서 도와줘서 그렇게 된 게 아니라 자신의 능력이 있었기 때문에 된 거라고 생각할 공산이 높았다.

그리고 네 번째 사람을 면담하게 됐다.

그의 이름은 강산, 독특한 이름이다.

올해 스물여섯인 그는 웬만한 일을 가리지 않고 다 해 봤다고 했다. 그러다가 처음으로 연기에 욕심을 내게 됐고 배우가 되고 싶다는 생각을 하게 됐다고 한다.

그렇지만 시작점이 늦어서인지 발음도 부정확했고 연기에도 힘이 없었다. 더군다나 그런 것 때문에 자신감이 떨어졌는지 연기를 할 때 온전히 모든 걸 보여 주는 게 드물었다. 그렇다 보니 최근 들어서는 자신이 연기에 재능이 있는 것인지 걱정스러워하는 모양이었다.

"와, 진짜 연예인을 보게 되네요. 영광입니다."

처음 건형을 보자마자 그가 꺼낸 말이었다.

건형이 멋쩍게 웃어 보였다.

"예, 반갑습니다. 강산 씨, 배우가 되는 게 꿈이신가요?"

"아, 예. 그렇습니다."

이미 회사에는 소문이 파다하게 퍼져 있다.

건형이 어마어마한 돈을 투자하기로 했고 플뢰르도 레브 엔터테인먼트 소속이 되었다고 말이다.

그런 탓에 대부분의 연습생들은 나름대로 꿈을 꾸고 있었다.

어쩌면 자신도 잘 풀리지 않을까 하는 그런 꿈 말이다.

그것은 강산도 마찬가지였다.

"배우가 자신의 천직이라고 생각하세요? 여기 서류를 보니까 그동안 이것저것 닥치는 대로 다 하셨더라고요."

"아, 연기라는 것에 관심을 가지게 됐고 그 때문에 무턱

대고 도전하게 됐습니다. 단순히 스포트라이트를 받는 게 좋아서가 아니라 연기 그 자체가 너무 재미있더군요."

"흠, 그렇군요. 그러면 왜 레브 엔터테인먼트에 들어오신 건가요? 이보다 훨씬 더 큰 기획사도 많았잖아요."

"그건 그렇긴 하지만…… 솔직히 말하면 저를 받아주는 곳이 없었습니다. 나이도 나이인 데다가 연기를 배워본 경험이 없었으니까요."

그렇다.

배우를 지망하는 사람들은 대부분 아역 때부터 연기를 했다거나 아니면 대학교 때 '방송연예학과'에서 연기를 배우곤 한다.

그렇지 않고 이십 대 중후반에 연기를 배워 보려고 도전하는 사람은 흔치 않다.

배우가 분명히 빛나는 직업인 건 맞지만 그것은 극히 일부에 불과하다.

1% 정도가 빛을 받는다면 나머지 99%는 그 빛에 가려져 있다.

생계를 유지하는 것도 어려워진다.

그렇기 때문에 집안 형편이 어려운 사람일수록 쉽게 포기하게 된다.

진짜 그중에서 성공하는 사람은 극히 일부분이니까.

건형이 잠재력을 일깨워 주고 싶은 건 그런 사람들이다.

환경이 열악하고 상황이 난처해서 제대로 자신의 꿈을 꾸지 못하는 사람들.

그런 사람들에게 도움을 주고 싶은 것이다.

이미 다 가지고 있는 사람에게 도움을 주기보다 그런 사람들에게 도움을 주는 것이 훨씬 더 가치 있는 일이 되어 줄 테니까.

건형이 강산을 바라봤다.

눈은 마음의 창이다.

눈을 바라보면 그 사람의 마음을 읽을 수가 있다고 했다.

강산의 눈동자는 너무나도 매끄러웠다. 그리고 무언가로 반짝반짝 빛나고 있었다.

건형은 그것이 무엇인지 알 것 같았다.

열정이었다.

이 사람이면 한번 믿어볼 만하다고 생각되었다.

건형이 차분한 말투로 물었다.

"누군가 당신에게 톱스타가 될 수 있는 재능을 줬다고 칩시다. 당신이라면 어떻게 할 건가요?"

"당연히 감사해야겠죠. 그렇지만 그 재능에 연연치 않고 더욱더 노력할 생각이고요."

"레브 엔터테인먼트에 대해서는 어떻게 생각하시죠?"

"예전에만 해도 그냥 한 번쯤 지나쳐 갈 만한 곳으로 생각했습니다. 그러나 지금은 다릅니다. 정 사장님은 정말 좋으신 분입니다. 누구 한 명 가리지 않고 정말 친절하게 잘 대해 주시거든요. 제 자식처럼 아껴 주시죠."

"좋습니다. 그러면 제가 그 기회를 드리겠습니다."

"예? 그게 무슨 말……."

강산이 눈을 휘둥그레 뜨며 건형을 바라봤다.

그가 조심스러운 목소리로 입을 열었다.

"혹시 그 암 환자를 치료했던 거 정말인가요?"

"하하, 그럴 리가요. 그건 와전된 이야기입니다. 그렇지만 제가 힘을 실어 드리겠습니다. 제가 레브 엔터테인먼트에 투자를 하기로 한 결정적인 이유는 흙 속에 묻혀 있는 원석을 찾아내고자 하는 생각에서였거든요. 당신이라면 한 번 믿고 같이 가도 될 거 같네요."

이것은 직감이다.

한편 강산도 건형을 마주 봤다. 그 역시 건형과 비슷한 감정을 느끼고 있었다. 이 사내를 믿어 봐도 될 것 같다는 느낌이 들었다.

"알겠습니다. 앞으로 잘 부탁드리겠습니다."

강산을 포함해서 괜찮은 연습생 몇 명을 골라냈다.

모두 합쳐서 세 명, 많은 수는 아니지만 그렇다고 적은 수도 아니었다.

기대했던 것 이상이라 할 수 있었다.

건형은 그들과 대화를 끝내고 악수를 하며 조심스럽게 자신의 기운을 불어넣었다.

그렇게 흘러나온 기운은 지난번처럼 그들의 잠재 능력을 조금씩 강화시키기 시작했다. 그리고 그들이 평소 하고 싶어 하던 것들에 관해 그것과 관련이 있는 뇌 부위를 자극했다.

그러면서 알게 모르게 그들의 잠재력이 깨어났다.

지금 당장은 효과가 없겠지만 조만간 그것은 확실한 보탬이 되어 줄 터였다.

문제는 다른 데 있었다.

레브 엔터테인먼트와 계약되어 있던 몇몇 연예인들의 일 거리가 부쩍 줄어들기 시작했다.

스타플러스 엔터테인먼트에서 본격적으로 압력을 넣은 것이다. 스타플러스 엔터테인먼트하고 연관이 있는 몇몇 PD들은 의도적으로 레브 엔터테인먼트의 연예인을 피했다.

그것은 영화 감독이나 언론계, 재계도 비슷했다.

그렇기 때문에 정명수로서는 고민이 많았다.

분명히 건형이 내놓은 돈은 어마어마했다. 어떻게 저 젊은 나이에 저렇게 많은 돈이 있을까 싶을 정도로.

그 정도 돈이면 회사를 다시 일으켜 세우는 건 문제가 아니었다.

다만 걱정되는 게 있다면 스타플러스 엔터테인먼트였다.

그들의 견제가 매서웠다. 어느새 저렇게 영향력을 키웠나 싶을 정도로 말이다.

결국 정명수는 건형을 다시 한 번 만나보기로 했다.

건형을 만난 정명수는 단도직입적으로 이야기를 꺼냈다.

"아무래도 상황이 골치 아프게 됐습니다. 스타플러스 엔터테인먼트의 입김 때문에 이래저래 난감해졌습니다. 요즘 들어 일감이 부쩍 줄어든 상태입니다. 아무래도 다들 스타플러스 엔터테인먼트 때문인지 우리 소속사 연예인의 출연을 거리끼고 있습니다."

"괜찮습니다. 조금만 더 기다려 주시면 됩니다."

"무슨 좋은 방법이라도 있는 겁니까?"

"예."

건형은 최근 지혁의 네트워크망을 확인하고 있었다.

그가 만들어 둔 네트워크망에는 어마어마한 자료가 내재되어 있다.

개중에는 스타플러스 엔터테인먼트의 자료도 포함되어 있다.

건형이 지금 찾고 있는 건 그것이었다.

박광호를 파멸시킬 수 있는 그런 자료들을 찾아내고자 하고 있었다.

다만, 그 양이 워낙 방대하다 보니 아직 찾아내지 못한 것뿐이었다.

건형이 매일 자료를 확인한다고 해도 1년가량 걸릴 만큼 무지막지한 자료니까.

게다가 모든 자료가 암호화되어 있어서 일일이 확인해 봐야 하는 게 가장 큰 단점이었다.

만약 지혁이 있었으면 바로 자료를 찾아냈을 텐데 그가 자리를 비웠다는 게 아쉬운 점이었다.

"알겠습니다. 건형 씨만 믿겠습니다."

"예."

정명수가 걱정스러운 얼굴로 박건형을 바라봤다. 지금 그에게 남겨진 동아줄은 박건형 뿐이었다.

이미 한 배를 탄 상황.

지금으로써는 그를 믿어보는 수밖에 없었다.

＊　　＊　　＊

박광호는 연일 웃음을 터트리고 있었다.

모든 게 다 자신의 뜻대로 되어 가는 중이었다.

레브 엔터테인먼트는 속으로 곪아 가고 있었다. 아무리 레브 엔터테인먼트가 많은 돈을 투자받았다고 하더라도 제대로 쓰여져야 그게 도움이 되는 것이다.

그렇지만 레브 엔터테인먼트에는 흉흉한 소문이 하나 떠돌고 있었다. 레브 엔터테인먼트에 들어가면 절대 뜰 수 없다는 말.

그 말 때문에 많은 연예인들은 레브 엔터테인먼트를 기피하고 있었다. 실제로 레브 엔터테인먼트 소속의 연예인들은 빛을 보지 못하고 있었으니까.

사실상 레브 엔터테인먼트의 연예인들은 무기한 잠정휴식 상태나 다름없었다.

박광호는 일 처리를 잘한 윤정후를 칭찬했다.

"윤 대리, 잘 해결했어. 이제 별 문제는 없는 거지?"

"예. 레브 엔터테인먼트는 속으로 곪아 갈 겁니다. 나중에는 지금 남아 있는 연예인들도 등을 돌릴 테고요."

"그보다 P양 사건은 조사해 봤어? 정말 박건형이라는 놈이 무언가 알고 있는 게 있는 거야?"

"확실하진 않습니다. 뒷조사를 시키긴 했지만 별다른 게 나오질 않았습니다."

"빌어먹을. 그것을 조금 더 자세히 알아내야 하는데."

그 당시 돈으로 사건을 무마시켰지만 모든 정보를 그가 다 가릴 수 있는 건 아니다.

그렇다 보니 마음 한구석이 영 찜찜했다.

그것이 자신의 아킬레스건이 되어 돌아올 수 있기 때문이다.

"계속해서 알아봐. 얼마를 들여도 상관없으니까 무조건 알아내란 말이야."

"예, 알겠습니다."

윤정후가 나가고 박광호는 여유롭게 웹서핑을 하기 시작했다. 그것 하나만 빼면 마음은 풍요롭기 이를 데 없었다.

그때였다.

알람이 울렸다.

의문의 메일이 한 통 도착해 있었다.

수신자의 정보는 없었다. 그야말로 의문스러운 메일이었다.

이것을 어떻게 해야 생각하던 박광호는 조심스럽게 그 메일을 열었다. 그리고 그의 얼굴이 딱딱하게 굳어졌다.

작년에 있었던 P양 사건.

그 P양 사건의 결정적인 증거가 메일 안에 담겨 있었다.

그것은 음성 녹음 파일로 P양이 죽기 며칠 전 룸살롱에서 술접대를 할 때 오고갔던 이야기였다.

박광호는 다급히 메일을 삭제했다.

그리고 벌렁거리는 심장을 진정시켰다.

'설마 그 녀석이?'

제일 먼저 떠오른 건 박건형이었다.

어떻게 해야 할까 고민하던 박광호는 일단 휴대폰을 들었다.

'법무팀?'

그렇지만 이게 외부에 밝혀지면 자신의 커리어도 끝장나고 만다.

하지만, 이 음성 녹음 파일이 남겨져 있다는 걸 알게 된 이상 어떻게든 그것을 무마시켜야 했다.

그는 그때 그 술자리에 참석했던 국회의원에게 전화를

걸었다.

"아, 예. 보좌관님. 저 박광흡니다. 다른 게 아니라 P양 사건을 캐고 있는 녀석이 있습니다."

[뭐라고요? P양 사건이라면 이미 끝난 일 아닙니까?]

"그날 그 여자가 음성 녹음을 했던 모양입니다. 그 음성 녹음 파일이 오늘 제 메일로 왔습니다. 누가 보냈는지도 모릅니다. 발신인이 아예 공백이었습니다."

[……짐작이 가는 사람은 있습니까?]

"예. 박건형이라고 아십니까?"

[박건형이면 그 리만 가설을 증명했다고 하는 그 사람 아닙니까? 퀴즈쇼에 나왔던 사람 말입니다.]

"그렇습니다. 그 녀석이 며칠 전 제게 와서 P양 사건을 가지고 협박한 적이 있었습니다. 어떻게 된 건지는 모르겠지만 P양 사건의 결정적인 증거를 쥐고 있는 거 같습니다."

[골치 아프게 됐군요. 일단 의원님께는 말해 두겠습니다. 그리고 박 실장님, 이 일이 밖으로 누설되면 의원님께서 가만히 안 계실 겁니다. 그건 당연히 아실 거라 생각합니다. 그러니까 가급적 빠르게 이 일을 마무리 지어 주길 바랍니다. 무슨 수를 쓰는 한이 있더라도요.]

"알겠습니다. 죄송합니다, 보좌관님."

전화를 끊은 뒤, 박광호는 곰곰이 고민하다가 다시 휴대폰을 들었다. 아무래도 사람을 동원해야 할 것 같았다. 그리고 박건형, 일단 그놈부터 잡아들여야만 했다.

P양 사건에 대해 언급했던 건 박건형 뿐이었고 또, 레브엔터테인먼트가 지금 곤란한 상황에 처해 있을 때 P양과 관련이 있는 결정적인 증거가 이메일로 날아왔다는 것 자체가 연관성이 있어 보였기 때문이다.

"분명히 그놈이 연관되어 있을 거야. 윤 대리? 지금 사무실로 올라올 수 있겠나?"

얼마 지나지 않아 윤정후가 사무실 안으로 들어왔다.

그를 쳐다보던 박광호가 날카롭게 눈동자를 빛내며 말했다.

"해야 할 일이 있어. 그쪽에 연락을 취해."

"예? 정말이십니까?"

"그래. 일이 골치 아프게 됐어. 이번 일을 잘 마무리하지 못하면 내 목이 위험해. 내가 끝장나면 네 자리도 위험해진다는 건 알고 있겠지?"

"물론입니다. 바로 연락을 넣겠습니다. 얼마나 필요하시죠?"

"최대한으로. 무조건 살아 있는 상태로 내게 데려 와야

해. 죽여선 안 되고. 그렇게 부탁해. 알았지?"

"예, 알겠습니다. 박 실장님."

윤정후가 자리를 나간 뒤 박광호는 사무실 쇼파에 깊숙이 몸을 파묻었다.

그들을 데려다 쓰는 건 여러모로 부담이 가는 일이지만 지금으로써는 어쩔 수 없었다.

그게 최선의 방법이었다.

Chapter. 09

건형은 평소처럼 학교 강의를 들은 뒤 스포츠카를 타고
강남으로 향했다. 지현을 만나기 위해서였다. 그는 플뢰르
멤버들을 위해서 지난번 그녀들이 머무르던 숙소와 비슷한
크기의 숙소를 하나 마련해 뒀다.

적지 않은 돈이 들었지만 건형에게는 크게 부담되는 액
수가 아니었다.

최근 그는 계속해서 많은 돈을 벌어들이고 있었다. 그리
고 그렇게 모인 돈들은 차곡차곡 건형의 발판이 되어 주는
중이었다.

이미 건형은 미국 유수의 금융업체들에게서 러브콜을 받고 있었다. 그가 새롭게 고안해 낸 주식 투자 기법이 어마어마한 수익률을 기록했기 때문이다.

물론 아직 그 기간이 짧긴 했지만 그동안 기록한 수익률은 역대 최고에 가까웠다. 장기적인 투자에도 이 투자기법을 이용할 수 있을지는 의문이지만 단기적인 투자에는 충분히 효율적이었다.

문제는 그 누구도 그가 개발해 낸 주식 투자 기법의 알고리즘을 풀지 못했다는 것이었다.

그렇다 보니 미국 유수의 금융업체들은 건형에게 직접적으로 유혹의 손길을 내뻗고 있었다.

하지만, 건형은 그 알고리즘을 공개할 생각도 없었고 그 이상으로 많은 돈을 벌어들일 마음도 없었다.

이 투자 기법은 대단히 위험해서 보통 사람이 썼다가는 패가망신할 가능성이 높았다.

주식 시장을 전체적으로 파악하고 있고 그것을 적재적소에 사용할 수 있어야 했다. 그리고 또, 중요한 것은 자신에 대한 절대적인 신뢰가 있어야 했다.

무엇보다 정보를 모으는 것도 중요했다. 또, 용기도 있어야 했다.

급락하고 있는 주식을 상대로도 과감히 투자를 할 필요성이 있었으니까.

일반적인 금융회사에서는 쉽게 따라할 수 없는 투자 방식인 셈이다.

건형이 이것을 활용할 수 있는 것에는 전 세계에서 가장 뛰어나다고 자신 있게 말할 수 있는 그의 두뇌와 기억 능력 그리고 24시간 끊임없이 수많은 정보를 끌어모으는 지혁이 만들어 낸 슈퍼컴퓨터가 존재하고 있기 때문이었다.

둘 중 하나만 없어도 사실상 이 알고리즘을 써먹는다는 것은 어려운 일이라고 봐야 했다.

그렇게 스포츠카를 몰고 강남에 도착한 건형은 지현을 만났다.

지현은 요즘 들어 틈틈이 복귀 연습을 하고 있었다. 조만간 일이 잘 풀리게 된다면 복귀는 시간 문제였고 지현은 솔로, 그룹 두 가지 활동을 병행할 예정이었다.

그렇다 보니 체력도 키워야 했고 트레이너의 지도 아래 이런저런 것들을 배워 나가고 있는 중이었다. 그래서인지 요즘은 시간을 내는 게 어려워서 건형도 가까스로 얼굴을 보곤 했었다.

오늘은 시간적인 여유가 있었고 건형은 지현과 함께 여

유롭게 데이트를 즐길 수 있었다.

물론 사람들 앞에서 공개적인 연애를 할 수는 없었고 스포츠카를 탄 채 이곳저곳을 드라이브하는 게 전부였다.

그러나 그것은 두 사람 모두 평범한 사람은 더 이상 아니기 때문에 어쩔 수 없는 일이었다.

그렇게 드라이브를 끝내고 건형은 원래 자신의 집으로 다시 차를 몰아갔다. 오피스텔 주차장에 도착한 건형이 주차를 마무리 짓고 집으로 올라가려 할 때였다.

느낌이 영 께름칙했다.

마치 무언가가 주변을 둘러싸고 있는 그런 느낌이 강하게 들었다.

건형은 주변을 훑었다. 스산한 느낌이 들었다. 아무래도 불청객이 찾아온 것 같았다.

'박광호가 보낸 사람들인가?'

박광호가 인맥을 총동원한 것일까.

그보다 상대가 누구인지 궁금했다.

양아치라든가 조직폭력배 같진 않았다.

그들이라면 애초에 건형의 신경을 이렇게 자극하지 못했을 것이다. 조직폭력배가 제아무리 쌈박질을 잘한다고 한들 그건 보통 사람 기준에서다.

전문적으로 격투를 수련한 사람에게는 한주먹거리도 안 된다고 할 수 있다.

건형이 느끼는 건 그런 기세였다.

도대체 박광호가 자신을 잡으려고 어떤 사람을 동원한 건지 궁금했다.

그렇지만 걱정이 되는 건 아니었다. 그도 지난 몇 주 동안 꾸준히 지혁에게 훈련을 받았다. 강도 높은 교육으로 정말이지 미친 듯 괴롭힘을 당했다고 이야기할 수 있었다.

그러면서 부쩍 실력이 향상됐다. 애초에 건형이 배우는 속도가 어마어마하게 빠르기 때문에 남들이 일 년 동안 배워야 하는 걸 건형은 불과 며칠 만에 습득하곤 했을 정도였다.

지금에 이르러선 웬만한 특수부대원은 가볍게 찜쪄 먹을 수준이 됐다. 그리고 건형이 숨겨 두고 있는 비장의 한 수.

완전기억능력의 또 다른 능력.

그것은 신체능력을 극도로 강화시키는 것이다.

그것을 사용한다면 상대가 괴물이라 할지라도 맞상대할 수 있는 힘을 가지게 된다.

그야말로 초인이 되는 것이다.

그만큼 신체적으로 피로해지고 어마어마한 열량을 섭취

해야 하는 게 단점이긴 하지만.

어쨌든 건형은 천천히 발걸음을 옮기며 자신을 둘러싸고 있는 그 움직임을 감지했다.

주변을 감싸고 있는 건 대략 스무 명 남짓.

하나같이 고도로 훈련된 요원들이었다.

지혁만큼은 아니지만 오랜 시간 꾸준히 단련된 사람들.

대략 느낌이 왔다. 아마도 요원 활동을 하다가 은퇴한 지 얼마 안 된 전직 정예 요원들?

그런 생각이 들었다.

'국적이 어딘지는 모르겠지만 한때 꽤 날렸던 전직 요원들을 끌어모은 모양이군.'

건형의 추론은 정확했다.

박광호가 윤정후를 시켜서 끌어모은 건 전직 정예 요원들이었다. 미국, 중국, 프랑스, 영국 등 각종 나라에서 활약했던 은퇴한 특수 요원들이 뭉친 조직이었다.

이들은 강력한데다가 깔끔하고 또, 그 흔적을 찾기 쉽지 않으므로 요즘 들어 여러 재벌들에게 선호되는 그런 조직이었다.

박광호도 오래전부터 그들과 인연을 맺고 있었고 지저분한 일들을 처리할 때면 으레 그들을 써먹고 있었다.

물론 어마어마한 돈을 써야 하지만 박광호에게 있어서 이번 일은 그의 사활이 걸린 일이나 다름없었다. 회사 공금을 횡령해서 쓰는 한이 있더라도 무조건 막아야 하는 일이기도 했다.

건형이 경계를 하고 있자 상대가 먼저 움직이기 시작했다.

그들이 입수한 자료에 따르면 건형은 일반인이나 다름없었다. 받은 돈에 비하면 지나칠 정도로 쉬운 허약한 상대나 마찬가지.

이 정도 상대면 불과 몇 분 안에 깔끔하게 살아 있는 상태로 납치해서 데려갈 자신이 있었다.

제일 먼저 접근하기 시작한 건 전직 프랑스 해외안보총국(DGSE) 출신의 현장 요원으로 해외에서 첩보 수집 및 파괴 활동을 해 왔으며 국익에 반하는 인물도 제거하곤 했던 사람이었다.

[내가 해결하도록 하지.]

[프레데릭, 네가 직접 나선다고? 이거야말로 닭 잡는 데 소 잡는 칼을 쓰는 거 아닌가? 그냥 내가 상대하도록 하지.]

이번에 말을 꺼내고 나선 건 미국 국가안전보장국(NSA)

출신의 정보 요원이었다.

그들의 면면을 봐도 하나같이 현장에서 오랜 시간 활약
했던 특수요원들로 박광호가 그들을 섭외하기 위해 얼마나
많은 돈을 썼는지 짐작해 볼 수 있었다.

"그렇게 망설이지 않아도 돼. 전부 다 덤벼도 상관없으
니까."

건형이 상체를 폈다.

더 이상 자신을 숨기지 않아도 된다.

어차피 그는 이들을 전부 다 깔끔하게 제거할 생각이었
다. 자신의 비밀을 많은 사람들이 알수록 좋지 않을 테니
까.

흑인 요원이 코웃음을 쳤다. 오랜 시간 한국에서 산 그는
건형이 무슨 말을 하고 있는지 알고 있었다.

[저놈이 맛이 간 모양인데?]

[그러게. 그러지 말고 프레데릭하고 루이스 둘 다 깔끔하
게 처리하자고. 그게 시간 절약도 되고 좋을 거 아니야.]

[그래, 제임스 말이 맞아. 그게 최고이긴 하지.]

결국 프레데릭과 루이스가 앞으로 나섰다. 그들의 표정
은 구겨져 있었다.

저런 애송이 한 명을 상대하기 위해 자신들이 두 명이나

동원됐다는 게 영 개운칠 않았다.

어둠 속에서 두 사람이 나타나자 건형이 그제야 미소를 지었다. 생각했던 것보다 박광호는 조금 더 위협적인 사람을 고용했다. 기껏 해 봤자 조직폭력배를 동원해서 협박할 줄 알았더니 전직 요원을 고용할 줄이야.

새삼 박광호가 얼마나 많은 권력을 쥐고 있는지 감이 잡힐 것 같았다.

그렇지만 건형에게는 대수롭지 않은 상대들이었다.

그들이 몇 대 몇으로 덤빈다고 한들 충분히 제압할 자신이 있었다.

그런 건형의 기세를 느낀 걸까.

프레데릭이 먼저 움직이기 시작했다. 190cm가 넘는 큰 키에 우람한 체격을 가진 프레데릭이 움직이자 순간적으로나마 엄청난 위압감이 느껴졌다.

그렇지만 큰 체구와 다르게 그의 몸놀림은 엄청 재빨랐다. 마치 곰 한 마리가 여우처럼 민첩한 움직임을 보여 주는 것 같았다.

순식간에 건형에게 쇄도해 들어온 프레데릭이 그대로 팔을 휘둘렀다. 바람이 공기를 찢으며 건형을 향해 파고들었다.

건형은 동체시력을 바탕으로 그의 궤적을 쫓으며 그대로 주먹을 피해 냈다. 그러는 한편 빠르게 프레데릭의 팔꿈치를 가격했다.

그 순간 엄청난 힘이 실린 주먹질이 가감 없이 프레데릭 팔꿈치에 꽂혔다.

뻐걱—

뼈가 부서지는 소리가 울렸다.

프레데릭은 그대로 오른손을 축 늘어트렸다. 팔꿈치가 고장이 났다. 단 일격에 뼈가 부서졌다. 골절상이다. 저 마른 체구에서 어떻게 저런 괴력이 나온 것인지 알 수 없었다.

프레데릭은 오른손을 늘어트린 채 왼손으로 건형을 압박했다. 이대로 물러서는 건 자존심에 스크래치가 나는 일이었다.

상대는 애송이였고 자신은 베테랑 특전사였다. 지금은 자존심이 달린 문제였다.

프레데릭이 허리를 돌리며 왼손으로 건형을 휘몰아쳤다.

그 순간 똑같은 일이 한 번 더 반복됐다.

건형은 가볍게 프레데릭을 피하며 또 한 번 팔꿈치를 박살 냈다.

프레데릭은 그제야 깨달았다.

상대는 자신 못지않은 야수라는 것을.

다만 그 발톱을 숨겨 뒀을 뿐이다.

자신은 멍청하게 그 술수에 넘어간 것이다.

한편 프레데릭이 뒤늦게 그것을 깨달을 무렵 루이스는 조심스럽게 접근하고 있었다.

생각보다 상대가 강했다. 프레데릭이 맥없이 무너진 것만 봐도 알 수 있다.

이미 프레데릭은 전력 외다. 양쪽 팔이 다 부러졌다. 대롱대롱 흔들거리는 데다가 눈빛에 투지가 아예 꺾였다.

자신은 저런 꼴이 될 수 없었다.

이 바닥은 약육강식의 세계다. 그것은 같은 조직 내에서도 통용되는 이야기다. 어떠한 사건을 의뢰받을 때에도 많이 활약한 순서대로 의뢰금을 배분받으며 아무것도 못 하거나 오히려 민폐만 끼치면 쥐뿔도 없게 된다. 자신은 프레데릭 같은 실수를 저지를 수 없었다.

그래서 루이스는 긴장하며 천천히 다가섰다.

그러자 건형이 먼저 움직이기 시작했다.

순간 루이스가 당황했다. 그가 주춤거리며 물러서려 할 때였다.

귀에 꽂혀 있는 이어폰을 통해 그들을 실질적으로 이끌고 있는 대장이 명령을 내렸다.

[루이스, 물러나지 마라. 물러서면 넌 끝난다. 다들 전력으로 공격한다. 상대는 생각했던 것보다 훨씬 더 강하다. 방심하지 마라. 방심하면 프레데릭처럼 당하고 만다.]

프레데릭은 이미 무너진 상태다. 전의를 상실한 상황, 설령 그렇지 않았다고 한들 양팔이 부러졌기 때문에 힘을 쓸 수 없다.

루이스가 주저 없이 달려들었다. 여태 숱한 전장을 겪었다. 개중에는 죽을 뻔한 위기를 간신히 넘긴 경우도 많았다.

지금도 비슷했다.

그렇게 생각하려는데 두려움이 느껴졌다.

프레데릭이 먼저 치려 했는데 아무것도 하지 못하고 오히려 양팔이 부러졌던 게 눈에 생생했다.

'사람의 팔이 그렇게 쉽게 부러지는 거였나?'

그게 더 의문스러울 정도다. 팔꿈치 뼈는 단단하다. 쉽게 부술 수 없다. 그런데 그 팔꿈치 뼈가 아작 났다. 반면에 상대의 주먹은 매끄럽기 이를 데 없다.

'마술이라도 쓰는 거야?'

머릿속이 엉망진창이었다.

루이스가 주춤거릴 때 건형이 먼저 다가왔다. 그리고 건형이 주먹을 내뻗었다. 루이스는 천천히 다가오던 주먹이 어느 순간 한없이 커진다고 생각했다. 그리고 그 주먹은 금세 자신을 집어삼키고 있었다.

마치 거대한 거인의 손이 자신을 덮치는 그런 느낌이었다. 그리고 루이스는 그대로 기절해 버리고 말았다.

순식간이었다.

전직 요원으로 이루어진 특수부대가 순식간에 궤멸됐다.

그야말로 한순간이었다.

이미 그들은 마리오네트처럼 관절 한두 군데가 부서진 채 기절해 있었다.

건형은 그들을 한군데 모았다. 그리고 그들의 머리에 손을 얹은 다음 가볍게 힘을 밀어 넣기 시작했다.

어느덧 그의 뇌에 대한 이해도는 엄청 높아져 있었다.

그래서일까.

그는 임의로 뇌를 조종할 수도 있고 원하는 기억만 골라서 삭제하는 것도 가능했다.

그렇게 그는 특수부대들의 기억 중 오늘 있었던 일을 삭제하기 시작했다.

누가 보면 마법이라고 할 수 있는 일이 일어난 셈이다.

그렇게 그들의 기억을 다 지운 다음 건형은 박광호를 해결해야겠다고 생각했다.

마치 목에 걸린 가시처럼 이대로 내 버려 두면 언젠간 커다란 골칫덩어리가 될 가능성이 높았다.

그럴 바에는 그 전에 싹을 자르는 게 최우선이었다.

건형은 그동안 모아 뒀던 박광호에 관한 자료를 몇몇 믿을 만한 언론사에 보냈다. 그러는 한편 검찰에도 넌지시 이 자료를 흘렸다. 이미 사전 조사를 통해서 정의감에 불타는 검사 몇몇을 알아 둔 상태였다.

그러나 문제는 이번에 이 일을 겪으며 느낀 건 이 사회에 부정부패가 만연해 있다는 것이었다.

그것들 대부분이 언론을 통해 흘러나오지 않고 있을 뿐 실제로는 정말 눈을 뜨고 보기 어려운 그런 일들이 비일비재하게 일어나고 있었다.

문제는 그런 일들이 밝혀져야 하는데 서로 간의 유착관계로 인해 죄다 쉬쉬거리고 있다는 것이다.

또, 그런 것들로 인해 피해를 보는 사람들이 많다는 걸 생각해 보면서 건형은 느끼는 점이 많았다.

처음에는 그냥 주변 사람들만 지킬 생각이었다. 남들을 일일이 다 챙겼다가는 내 인생 살기도 힘들다는 생각에서였다.

그러나 이번 일을 겪으면서 생각이 많아졌다.

저런 사람들을 그냥 내 버려둬도 되는 걸까?

그건 아닌 것 같았다.

자신의 능력이 안 되면 모르지만 능력이 된다면 돕는 게 당연한 것이라고 생각됐다.

지금 당장 돕겠다는 건 아니지만 더 큰 힘이 생기고 많은 사람들을 도울 수 있는 여건이 된다면 그때 그들을 도와 보고자 마음먹었다.

그렇게 생각하며 건형은 박광호의 일이 어떻게 해결되는지 눈여겨 보기로 했다.

* * *

김찬욱은 서울중앙지방검찰청 제2검사실에서 근무하고 있는 올해 경력 14년차의 베테랑 검사다. 경력만 놓고 보면 부부장검사, 아니 부장검사가 되어도 남을 만하지만 여전히 그는 평검사다.

그것은 그가 윗선에 단단히 미운털이 박힌 것 때문이다.

사람이 적당히 융통성이 있어야 하는데 김찬욱은 강직하기 이를 데 없었고 그 때문에 주변의 눈총을 많이 사곤 했다.

그렇다 보니 웬만한 사람들은 그를 상당히 꺼려했다. 피곤해한다고 해야 할까.

덕분에 김찬욱은 한직이나 다름없었다. 맡아 봐도 시시한 잡범들인 경우가 대부분이었다.

그런데 오늘 서울중앙지방검찰청에 출근해서 습관적으로 이것저것들을 확인하던 도중 눈길을 끄는 게 하나 있었다.

발신자가 없는 이메일 한 통이었다.

김찬욱은 메일을 확인했다. 그리고 그는 내용을 확인한 뒤 이 일을 어떻게 해야 하나 고민에 잠겼다.

이메일 내용은 충격적이었다.

정·재계 그리고 연예계가 혼재해서 얽힌 성접대 사건을 담고 있었다.

주모자는 스타플러스 엔터테인먼트의 실권을 장악하고 있는 박광호 실장이었고 그한테 얽힌 전현직 국회의원만 해도 벌써 세 명에 금융업계, 언론계 고위관계자들도 많았다.

만약 이 일이 터지면 대한민국 사회 전체가 뒤숭숭해질 게 분명했다.

이것은 그냥 핵폭탄이나 다름없었다.

그런데 왜 이게 자신의 우편함에 들어 있는 것인지 그게 궁금했다.

그때, 호주머니에 넣어 뒀던 휴대폰이 울렸다.

발신자 불명의 전화가 한 통 걸려와 있었다.

김찬욱은 조심스럽게 전화를 받았다.

"여보세요?"

[김찬욱 검사님 맞으십니까?]

"예, 제가 김찬욱입니다. 누구시죠?"

[방금 확인한 이메일을 보낸 사람입니다.]

김찬욱은 다급히 주변을 돌아봤다. 지금 사무실에는 자신 혼자밖에 없다. 그런데 이 사람은 어떻게 자신이 지금 이메일을 열어 봤다는 걸 알고 있는 것일까?

"도대체 내게 원하는 게 뭡니까?"

[제가 원하는 건 하나 뿐입니다. 정의가 올바르게 실현되는 거죠.]

"저는 아직 평검사입니다. 저 혼자 처리할 일이 아닙

니다. 일단 이건 검사장님한테 먼저 이야기를 해 봐야
할……."

[하하, 김찬욱 검사님이 더 잘 알고 계시지 않습니까? 지
금 윗대가리에서 믿을 만한 사람이 솔직히 있다고 자신 있
게 말하실 수 있습니까?]

예리한 그 말에 김찬욱의 낯빛이 어두워졌다.

솔직하게 말한다면?

대답은 'No' 다.

이미 내부에서 썩어 곪은 집단이다. 그나마 자신은 최선
을 다해 정의롭게 해결해 보려 했지만 그것은 얄짤 없이 무
시당했고 그 때문에 제대로 진급도 못한 채 여전히 평검사
신세를 면치 못하고 있다.

같은 사법연수원 동기들은 이미 부장검사나 차장검사가
된 걸 보면 자신만 유독 그 진급 속도가 느린 셈이다.

그래서 몇몇 동기들 같은 경우 적당히 허리를 구부리라
고 조언도 했다.

그렇지만 김찬욱은 그럴 생각이 전혀 없었다.

아마 이 사람도 자신의 그런 걸 알고서 이메일을 보낸 게
아닌가 싶었다.

"좋습니다. 제가 어떻게 해 주길 바라십니까?"

[간단합니다. 이 일을 꼼꼼히 조사한 뒤 그 죄에 맞게 형량을 선고해 주셨으면 합니다.]

"후우, 여기 P양 사건 같은 경우 이미 끝난 사건입니다. 이 사건을 다시 건드리면 대한민국 전체가 벌집을 건드린 것처럼 골치 아파질 겁니다."

[그렇지만 정의가 구현되어야 하지 않겠습니까?]

김찬욱의 얼굴이 새빨개졌다.

정의 구현.

누구나 말만 할 뿐 실제로 행동에 옮기는 사람은 없다.

그렇지만 지금은 그렇게 할 수 있는 기회가 주어졌다.

김찬욱은 자신의 가슴에 손을 얹고 생각해 봤다. 그리고 마침내 그가 결정을 내렸다.

"……좋습니다. 제 검사직을 걸고 한번 부딪쳐 보죠."

[믿겠습니다.]

그로부터 며칠 뒤, 그야말로 대한민국이 초토화될 정도로 어마어마한 사건이 터졌다.

이른바 P양 리스트가 그것이었다.

작년 우울증으로 자살했다고 알려진 영화배우 P양에 관한 진실이 밝혀진 것이다. P양이 우울증으로 사망한 것은 소속사에서 술접대를 시켰으며 그 이후 성접대까지 강요했고 성접대 도중 여러 차례 폭행을 당했다는 점 등 각종 진실이 우후죽순처럼 밝혀지기 시작했다.

이번 사건을 맡은 검사는 김찬욱으로 그는 스타플러스 엔터테인먼트의 박광호 실장을 비롯해서 그와 관계있는 사람들을 모두 기소했다.

P양의 유족들은 지금이라도 진실이 밝혀지려 한다는 것에 격분하며 어떻게든 진실을 완벽하게 밝혀 달라고 부탁하며 기자회견까지 열었다.

그야말로 폭풍전야.

박광호로서는 발등에 불이 떨어진 것이나 다름없었다.

증거는 하나도 남기지 않았고 증인도 없는 마당인데 어떻게 이 일이 다시 밝혀지게 된 건지 그게 의아했다.

그렇게 박광호를 비롯해서 관계가 있는 사람들이 줄줄이 소환됐다.

하지만, 건형이 기대했던 일은 이루어지지 않았다.

김찬욱 검사가 어떻게든 조사를 강행했고 제대로 할 의지를 보였지만 검찰 윗선에서 그것을 적당히 무마하려는 움직임을 보이기 시작했다.

그러면서 사건이 대폭 축소되었다. 그리고 용의자로 지

목되었던 사람들도 혐의를 부인하고 나섰다.

게다가 그 이후 몇몇 대형 톱스타들의 열애설이 퍼지기 시작하면서 P양 사건은 소리 없이 묻혀 버렸다.

결국 1심 재판이 끝나고 2심 재판에서 서울고등법원에서 유족에게 손해 배상액을 지급하라는 판결을 내리긴 했지만 그것은 제대로 된 해결책이 아니었다.

온전한 법의 심판을 기대하기 어렵게 된 것이다.

그렇게 최종 판결을 보며 건형은 씁쓸함을 감출 수 없었다. 그리고 올바른 판결을 위해서라도 자신이 나서야 한다는 걸 서서히 깨닫고 있었다.

Chapter. 10

P양 사건은 그렇게 조용히 마무리됐다.

유족에게 지급된 손해 배상액은 2천 3백만 원.

한 사람이 자살한 것, 그리고 그 사람이 겪었을 아픔에 비하면 너무나도 약소한 금액이었다.

이 사건을 기소했던 김찬욱 검사는 서울중앙지검에서 청주지검으로 좌천 아닌 좌천을 당했다. 평검사에서 부부장검사로 승진은 했지만 이래저래 윗선에 단단히 찍히고 만 셈이다.

한편 레브 엔터테인먼트에 가해졌던 제재는 소리 없이 풀렸다. 박광호 실장은 징역형을 살게 됐고 윤정후 대리 같은 경우에도 실형을 면치 못하게 되었기 때문이다.

게다가 스타플러스 엔터테인먼트 같은 경우 가장 많은 피해를 본 곳이었다.

국회의원들이나 언론계, 정재계 고위직 인사들은 도마뱀이 꼬리를 자르고 도망치듯 순식간에 책임을 회피했지만 그 몸통인 스타플러스 엔터테인먼트는 제대로 폭풍에 휩쓸리고 만 것이었다.

결국 스타플러스 엔터테인먼트는 연예인들이 대거 이탈하게 됐고 그러면서 그들 중 몇몇 연예인들은 레브 엔터테인먼트로 합류하게 됐다.

졸지에 레브 엔터테인먼트는 예전만큼은 아직 아니어도 어느 정도 회복세에 돌아설 수 있었다.

그러면서 플뢰르도 다시 복귀할 수 있는 발판을 마련하게 됐다.

그런데 정명수 대표를 만나는 자리에서 건형은 뜻밖의 이야기를 듣게 됐다.

"예? 지현이를 솔로로 내보내고 싶으시다고요?"

"그렇습니다. 사실 지현 양은 그룹보다 솔로가 더 어울릴 거 같더군요. 어떻게 보면 그룹 활동을 하는 바람에 자신의 솔로로서의 재능이 묻힌 거 같다는 생각이 듭니다."

"……음, 그럴 수도 있겠군요."

"지금 그래서 괜찮은 곡을 몇 곡 받아 두고 작업하고 있습니다. 지현 양이 플뢰르 활동도 계속 하고 싶어 한다면 그렇게 해도 되긴 합니다. 다만 그러면 아무래도 체력적인 부담이 크다 보니……."

"그렇겠죠. 일단 그것은 차차 생각해 보는 걸로 하고 정 대표님 의견이 그렇다면 한번 진행해 주시는 것도 나쁘지 않을 거 같습니다."

"그러도록 하죠. 그리고 또 좋은 소식이 하나 있습니다."

"좋은 소식요?"

"예, 강산 씨가 이번에 새로 오디션을 봤는데 합격했다고 하더군요. 주연은 아니지만 비중 있는 조연 역할을 맡기로 했답니다."

"놀랍군요."

강산이면 지난번 만나서 잠재력을 일깨워 줬던 그 남자다. 배우가 꿈이라고 하던.

그 사람이 주연은 아니어도 비중 있는 조연 자리를 꿰찼다고 하는 말에 기분이 즐거워졌다.

"원래는 그냥 단역 역할 오디션을 본 거였는데 연기력이 나쁘지 않아서 졸지에 비중 있는 조연 역할을 맡게 됐다고 하더군요. 그 말을 전해 주면서 꼭 건형 씨한테 고맙다고 같이 전해 달라고 하더군요."

"그랬군요. 알겠습니다. 또 좋은 소식이 있으면 알려 주십시오."

"물론입니다."

건형은 정 대표와 조금 더 이야기를 나누다가 밖으로 나왔다. 박광호 실장이 징역형을 살게 되면서 레브 엔터테인먼트의 일이 잘 풀린 것은 좋았지만 여러모로 아쉬운 점도 많았다.

대한민국의 현실이 이 정도인가 라는 생각이 들 정도로.

게다가 자신이 연락을 취했던 김찬욱 검사가 부부장검사가 되긴 했지만 서울중앙지검에서 밀려나서 청주지검으로 좌천됐다는 건 서글픈 소식이었다.

자신 때문에 애꿎은 검사 한 명이 피해를 보게 됐으니 말이다.

그래서 조만간 한번 시간을 내서 그를 만나러 가 볼 생각이었다. 그를 만나 보고 그의 성향을 알아보고 싶었다.

어쨌든 그렇게 모든 일이 마무리되고 건형은 그제야 조금 안도할 수 있었다.

그리고 그로부터 얼마 지나지 않아 지현이 솔로로 첫 데뷔할 곡이 나왔다.

모두 다섯 곡으로 그중 세 곡은 발라드, 두 곡은 댄스였다.

지현은 아이돌 그룹으로 활동해 본 경험이 있다 보니 댄스곡을 하는 것도 어렵지 않은 일일 터 그녀는 손쉽게 댄스곡을 소화하기 시작했다.

발라드 같은 경우는 완벽 그 자체였다. 특히 타고난 그 음색이 최고로 매력적이었다.

서서히 지현의 컴백 기사가 뜨기 시작했다.

몇몇은 플뢰르가 아닌 솔로로 복귀한다는 것에 우려를 표했다.

지현이 고아원에서 노래를 불렀던 것은 많이 알려지지 않은 사실이었고 실제로 플뢰르라는 그룹에서 노래를 부를 때도 크게 부각되지 않았던 게 사실이었다.

그렇다 보니 기대하는 것보다는 우려하는 반응이 더 컸다.

그리고 며칠 뒤, 지현이 컴백했다. 그와 함께 강산의 조연으로서의 첫 연기 인생이 시작됐다.

그 무렵 대한민국 강남에 자리하고 있는 한 요정에서는 몇몇 사람들이 모임을 가지고 있었다.

그 요정에 모인 사람들의 면면을 보면 하나같이 유명인사들로 정재계 혹은 기타 다른 곳의 고위 관계자들이었다.

그렇게 이 자리에 모인 건 한국을 이끌어 나가는 실세들로 그들이 모인 이유는 간단했다.

다름 아닌 P양 사건 때문이었다.

이미 언론에서는 조용히 묻힌 지 오래였지만 여전히 넷상은 시끌벅적했다. 네티즌들은 아직도 그 일을 가지고 온갖 이야기를 떠들어 대고 있었다. 음모론을 주장하는 사람도 많았다. 김찬욱 검사가 청주지검으로 좌천된 것도 이야기가 제법 많은 편이었다.

가장 윗자리에 앉은 건 6선 국회의원으로 여당의 실세라고 할 수 있는 강해찬이었다. 그는 여당의 원내 수석 부대표로 사실상 그가 실질적인 여당의 수뇌부나 다름없었다.

그런 강해찬이 입을 열었다. 순간 묵직한 분위기가 깊숙이 내려앉았다.

그런 분위기 속에서 강해찬은 굳어진 얼굴로 입을 열었다.

"도대체 일 처리를 어떤 식으로 하길래 이런 일이 생긴 건가?"

조용한 목소리다. 집중하지 않으면 듣기 어려울 만큼 나지막하다.

그렇지만 그의 목소리에는 사람들의 이목을 집중시키는 그런 힘이 있었다.

그것을 보여주듯 이 방 안에 앉아 있는 많은 사람들은 숨소리조차 쉽게 내지 못하는 중이었다.

"말을 해 보게. 박 총장, 그 김찬욱이라는 애는 도대체 뭐하는 놈인가?"

"죄송합니다, 의원님. 제가 주의 깊게 살피지 못한 탓입니다."

"아니, 평검사 나부랭이가 그런 일을 어떻게 맡은 거야? 한번 살펴봤는데 이건 뭐 아예 내 집 드나들 듯 다 알고 있더구먼. 그때 모든 증거를 다 폐기했다고 하지 않았나?"

"저도 그렇게 알고 있었습니다만 어디선가 정보가 빼돌려진 거 같습니다."

"하아, 어리석구먼. 어리석어. 제 집안 단속도 제대로 못해서야. 어찌어찌 무마시키긴 했어도 이 일이 불거질 경우 많은 사람들이 피해를 본다는 걸 모르지 않지 않나!"

"송구합니다. 입이 열 개라도 할 말이 없습니다."

"후우, 그럼 일단 그 일은 마무리된 건가?"

"예. 본보기로 박 실장을 쳐냈으니 여론도 어느 정도 수그러들 거라고 생각하고 있습니다."

"쯧쯧, 어리석은 놈 같으니라고. 지난번 같은 일이 반복되어서는 안 될 거야."

"지난번 일이라고 하시면……."

"그 경찰 일 말이야."

"아, 예. 유념해두겠습니다."

그 이후 그가 자리에 있는 사람들을 한 명 한 명 호되게 야단치기 시작했다.

여기 있는 사람 모두 웬만한 고위직 인사들이었지만 강해찬에 비하면 그 이름값은 하찮기 이를 데 없었다.

어쨌든 그렇게 어느 정도 회의가 마무리된 후 요정에는 두 사람이 남았다.

강해찬과 삼십 대 초반의 사내 이렇게 두 명이었다.

사내가 강해찬을 보며 물었다.

"강 의원님, 무언가 이상하지 않습니까?"

"뭐가 말인가?"

"저는 박 총장님이 그렇게 허투루 행동하는 분은 아니라고 생각합니다. 그렇게 믿고 있고요. 그런 분이 사소한 실수를 저질렀을 거라고 보진 않습니다."

"그러면 자네 말은 무슨 의미인가?"

"일단 이것을 한번 보십시오."

삼십 대 초반의 사내가 건네는 휴대폰을 강해찬이 집어 들었다. 휴대폰에는 사진 한 장이 띄워져 있었다. 사진을 자세히 들여다 보니 웬 우편함이었다.

"이게 무엇인가?"

"김찬욱 검사의 이메일 우편함입니다. 여기 보시면 메일 하나가 삭제되어 있는 게 보이실 겁니다. 발신자가 없는 메일이죠. 이 메일에 첨부된 파일들을 보면 P양과 관계가 있는 자료들이었습니다. 그것도 웬만한 사람은 쉽게 접근할 수 없는 기밀들이었죠."

"그 말인즉슨…… 누군가가 우리의 뒤통수를 쳤다는 말인가?"

"그건 아닐 거라고 봅니다. 오늘 여기 모인 계신 분들만 해도 무언가 하나가 잘못 터지면 같이 무너지는 구조가 아닙니까? 서로 공생 관계에 있을 수밖에 없는 입장인데 내분이 생겼을 거라고 보진 않습니다."

"그러면 자네 생각은 누군가 우리 시스템을 해킹해서 자료를 빼돌렸다는 이야기군."

"예, 그럴 가능성이 상당히 높습니다. 지난번 그 일도 있고요."

강해찬이 얼굴을 구겼다.

지난번 그 일을 생각하면 아직도 시름이 깊어질 것 같다. 자신이 저지른 비리가 밝혀질 뻔했고 그로 인해 뿌리가 뽑힐 뻔했었다.

알고 보니 어떤 괴상한 조직이 운영되고 있었고 그 조직에서는 정재계의 부정부패, 비리 같은 정보들을 전문적으로 끌어모으고 있는 곳이었다.

황급히 사람을 시켜 그곳을 덮치게 했지만 아무런 소득도 얻을 수 없었다.

그러다가 내부 고발자의 도움을 얻어 그들 중 한 명의 신상을 알아냈고 그를 제압하고자 했다. 그렇지만 상대의 저항은 격렬했고 결국 그를 죽일 수밖에 없었다.

그런데 알고 보니 그는 경찰관이었고 경찰의 죽음은 여러모로 일을 더 키울 수도 있었다. 그래서 그의 죽음을 음주운전 자동차에 뺑소니 사고를 당한 것으로 무마시켰던 것이었다.

그때 일은 강해찬에게도 두고두고 후회가 되는 일이었다. 그 몸통을 잡아야 했는데 꼬리 하나만 끊어 낸 것에 불과했으니까.

그 이후 경찰관이 몸담고 있던 조직은 순식간에 자취를 감췄고 강해찬은 등 뒤에 폭탄 하나를 쌓아 두고 자는 기분이었다.

"자네가 아니었으면 내 정치경력도 그날 산산조각 부서졌을 거야."

"별말씀이십니다. 강 의원님의 우국충정을 알고 있었기 때문에 과감히 그렇게 했던 겁니다. 만약 강 의원님이 아니었으면 그렇게 하지도 못했을 테죠."

그가 입가에 미소를 그려 보였다. 누구는 자신을 나쁜 놈이라고 욕할지도 모른다.

그러나 자신에게 정의는 이것이었다.

그것들이 밝혀지면 세상이 혼란스러워질 건 뻔한 일.

차라리 그렇게 되기보다는 지금처럼 혼란 없이 다들 시스템에 적응해서 조용히 살아가는 게 최고의 길일 수도 있기 때문이다. 그리고 그것이 그가 믿는 정의였다.

*　　*　　*

얼마 지나지 않아 지현이 데뷔했다.

먼저 그녀는 음원을 냈다. 그리고 결과는 놀라웠다.

여러 대형 음원 사이트에 그녀의 이름이 실시간으로 상위권을 차지하기 시작했다. 그리고 1시간이 채 지나기도 전에 그녀의 이름이 차트에 줄을 세웠다.

발라드, 댄스곡 가릴 것 없이 사람들이 그녀의 노래를 찾아들었다.

어마어마한 광풍이 몰아닥쳤다.

그녀의 인지도가 급격히 오르기 시작했다.

그와 함께 여러 방송국에서 그녀를 섭외하고자 하는 움직임이 지속적으로 이어졌다.

한순간에 지현은 신데렐라가 되었다.

인지도 없던 평범한 아이돌 가수가 가요계를 자신의 이름으로 수놓기 시작한 것이다.

가수 선배들은 그녀를 극찬했다. 단순히 노래가 좋은 게 아니었다. 그녀의 음색은 사람을 홀리게 하는 특별한 매력이 있었다.

그것 때문일까.

그녀와 함께 작업하고 싶어 하는 사람도 기하급수적으로 늘어났다. 너도나도 그녀가 피처링을 했으면 좋겠다고 러브콜을 보냈다.

인지도 없는 가수들부터 가요계 대선배까지 줄줄이 러브콜을 보내온 것이다.

지현으로서는 이게 꿈인지 진짜인지 분간할 수 없을 정도로 행복에 취해 있었다.

하지만, 그럴수록 점점 더 시간이 부족해졌고 결국에는 개인시간은 아예 없어져 버렸다. 하루 종일 인터뷰, 방송, 녹음 등 일정이 빡빡하게 차 있었기 때문이다.

그렇지만 지현은 모든 일에 최선을 다하고 있었다. 자신에게 주어진 기회, 어떻게든 붙잡고 싶어서였다.

그것은 강산, 그도 마찬가지였다.

좀처럼 되지 않는 연기, 그런데 건형을 만나고 나서 그 연기가 부쩍 늘었다. 어떻게 된 일인지는 이해할 수 없었다.

자신이 이렇게 연기를 잘했었나, 라는 생각이 들 정도로 모든 게 매끄러웠다.

그 덕분에 촬영장에서 연일 호평을 받고 있었다.

그러면서 강산은 알음알음 촬영장에 자신의 이름을 알리고 있었다.

그 이후에도 레브 엔터테인먼트에는 겹경사가 이어졌다.

건형이 재능을 일깨워 줬던 다른 배우들도 하나둘 데뷔를 시작했고 그들도 빼어난 연기력을 보이며 레브 엔터테인먼트 소속의 배우들은 무언가 남다르다, 라는 소문이 퍼진 것이다.

그러면서 연습생들도 그 소문을 따라 한두 명씩 찾아오기 시작했다.

정명수 사장에게는 지금 일이 도저히 믿어지지 않을 정도였다. 그야말로 이건 하느님이 도운 것이었다.

다 무너져 가던 회사는 어느덧 정상화되었고 지금은 엄청난 속도로 약진 중이었다.

조만간이면 점점 무너져 내리는 스타플러스 엔터테인먼트를 대신해서 그 자리를 비집고 들어갈 수 있을 것이라고 예상되고 있었다.

"하아, 쥐구멍에도 볕들 날이 온다고 하더니. 정말 다행이야. 사실 이 모든 게 박건형, 그 친구 덕분이긴 하지만."

아마 박건형을 만나지 못했다면 이런 일이 생겼을까?

그것에 정명수는 회의적이었다. 사실 이런 기적이 일어난 것에는 박건형의 도움이 지배적이었다고 느끼고 있었다.

그렇게 레브 엔터테인먼트도 정상화가 되고 건형은 그제야 조금 시간이 비게 되었다.

여러모로 다사다난했던 한 달이었다.

새록새록 이전 일이 생각났다.

아르바이트를 하고 집으로 돌아가던 길에 퍽치기 사고를 당했고 그로 인해 병원에서 긴급수술을 받게 됐다.

그러다가 완전기억능력을 얻게 되고 그때 인생이 뒤바뀌었다. 그리고 퀴즈쇼에 나가서 엄청난 상금을 얻게 됐고 평소에는 생각도 하지 못했던 여러 일들을 해 나갈 수 있었다.

그야말로 인생이 뒤바뀐 것이다.

지금에 와서는 연예인 여자친구도 생겼고 여동생도 집에 돌아왔다.

그렇지만 아직 완벽한 건 아니었다.

아버지의 일, 그것도 해결을 봐야 했다.

처음에는 아버지를 많이 원망했다.

하지만, 사회의 부조리를 겪으면서 느끼는 게 많았다.

아버지가 남의 일에 그렇게 발 벗고 나서려고 했던 이유가 무엇일까?

가진 것이 없어서 자신의 목소리를 낼 수 없는 많은 사람들, 그들을 보고 의기로운 마음이 앞서서 그런 게 아닐까?

지금에 와서는 건형도 그런 걸 깊게 느끼고 있는 중이었다.

만약 자신에게 힘이 없었다면?

지현에게 닥친 일을 막을 수 있었을까?

곰곰이 생각해 보면 정답은 'No'였다.

힘없는 약자는 자신의 목소리를 내기 어려우니까.

P양 사건이 그렇게 묻힌 것도 힘 있는 사람들이 권력을 쥐고 있기 때문이다. 그들에게 돈이 편중되어 있어서다.

다시 P양 사건이 재조사됐지만 그것도 몇몇에게만 솜방망이 처벌이 내려지고 아무 일도 없던 것처럼 끝나고 말았다.

만약 그 P양이 고위층 권력자의 딸이었다면 그렇게 쉽게 무마될 수 있었을까.

아니, 애초에 그런 일을 겪지도 않았을 것이다.

"내가 이 사회를 바꿔야 할까?"

그러나 여전히 부담감이 많은 건 사실이다.

누구나 사회 개혁이 이루어지길 바란다.

그것은 어찌 보면 당연한 일이다. 더 많은 것을 갖고 싶어 하는 건 인간의 본성이기 때문이다.

그렇지만 정작 그 사회 개혁이 이루어지길 바라는 사람들 중에 직접 나서는 사람은 많지 않다.

왜냐하면 힘들게 나선다고 해도 알아주는 사람은 많지 않은데다가 정작 그렇게 나섰다가 오히려 괜한 소리만 듣고 욕먹는 경우도 많다.

그렇기 때문에 이래저래 힘든 것이다.

그래도 지금 이런 상황에서는……

그때였다.

호주머니에 들어 있는 휴대폰이 울려 댔다.

건형은 누가 전화를 건 것인지 확인해 봤다. 그리고 누가 건 것인지 확인한 그가 눈을 휘둥그레 떴다.

전화를 건 사람은 다름 아닌 지혁이었다.

아버지의 죽음에 관한 단서를 찾았다고 하면서 홀연히 사라져 버린 지혁이 갑자기 연락을 해 온 것이다.

건형이 다급히 전화를 받았다.

"아저씨? 어디 계신 거예요?"

[거, 건형아. 크흑, 조심해라.]

"네? 갑자기 무슨 그게 무슨 말이에요?"

그의 목소리는 무언가 좋지 않아 보였다. 무슨 문제가 생긴 모양이었다.

건형이 심각한 어조로 계속해서 소리를 높였다.

"지혁 아저씨! 말해 봐요! 무슨 일이냐고요!"

그러나 이미 전화는 끊긴 상태였다.

건형의 얼굴이 굳어졌다.

도대체 무슨 일이 생긴 것일까.

그의 얼굴이 딱딱하게 굳어졌다. 깊은 그늘이 어둠에 자리 잡았다.

그는 다급히 집 안으로 들어왔다. 그리고 컴퓨터를 켰다. 그런 다음 발 빠르게 해킹을 해서 위치 추적을 하기 시작했다.

지혁이 전화를 건 곳이 어디인지 알아내기 위해서였다.

그런데 전화를 건 곳이 어디인지 위치 추적을 할 수 없었다.

오류가 지속적으로 반복해서 뜨고 있었다.

"빌어먹을!"

건형이 얼굴을 구겼다. 지혁이 위급한 상황에 처했는데 정작 어디에 있는지 알 수 없다는 게 한심했다. 자신의 능력이 고작 이 정도밖에 되지 않았나 하는 생각이 들 정도였다.

그러나 딱히 방법이 없었다. 지금으로써는 어떻게 손 쓸 방법이 없을 듯했다.

무력했다.

완전기억능력, 이 능력을 얻은 뒤로 아무것도 두려울 게 없다고 생각했는데.

지금은…….

한숨이 저절로 새어 나왔다.

그렇게 골치 아파할 때였다.

또다시 휴대폰이 울리기 시작했다.

혹시 지혁인가 하는 생각에 다급히 휴대폰 액정을 확인했다.

지혁이 다시 연락을 해 온 것이다.

건형이 다급히 소리쳤다.

"아저씨! 어떻게 된 거예요!"

그런데 웬 생뚱맞은 목소리가 들렸다.

나지막하고 굵은 저음이었다.

[이렇게 연락을 할 수 있게 되어 반갑네.]

"당신은…… 누구죠?"

[글쎄. 내가 누군지는 알 필요 없지. 중요한 건 김지혁의 생사 아닌가?]

"아저씨는 어디에 있지?"

[궁금한가? 그러면 내가 묻는 질문에 한 가지 대답을 해 줬으면 싶은데 가능한가?]

"……질문? 그게 뭐지?"

[어째서 네 자신을 그렇게 드러내는 거지? 조용히 살면서 누리고 싶은 걸 다 누리는 것도 충분히 가능할 텐데 말이야. 사람들이 자신한테 관심을 갖는 걸 좋아하나?]

아니다.

그런 건 좋아하지 않는다.

다만, 그때에는 그게 최고의 방법이었다. 그렇다 보니 본의 아니게 나설 수밖에 없었다. 그리고 그것을 후회하는 건 아니다.

그러면서 많은 것을 얻었으니까.

건형이 말이 없자 그가 계속해서 이야기를 늘어놓았다.

[오랜만에 동류를 만나게 되어 즐거운데 너는 그렇지 않은 모양이군.]

'동류?'

건형은 눈을 좁혔다. 도대체 그가 무슨 말을 하는 것인지 이해하기 힘들었다.

그때, 그가 웃으며 말을 꺼냈다.

[이해하기 힘든 모양이지? 하하, 그럴 수밖에 없지. 자네는 이

제 갓 문턱을 밟은 새내기이니까. 이 지혁이라는 사내는 돌려보
내도록 하지. 자네를 환영하는 의미에서 말이야.]

일단 지혁을 돌려보내 준다고 한다.

그것만 해도 정말 다행이다. 그런데 도대체 수화기 너머 상대
가 무슨 말을 하는 건지 이해할 수 없었다.

"도대체 무슨 말을 하는 겁니까?"

[어차피 시간이 지나면 알게 될 거야. 서두른다고 해 봤자 달
라지는 건 없을 테니까 힘 빼지 말라고. 아, 그리고 헨리 교수하
고는 가급적 가깝게 지내지 않는 걸 추천하네.]

그는 끝까지 심중을 숨겼다.

게다가 헨리 교수하고 가깝게 지내지 말라고?

이것은 또 무슨 의미인건지 여러모로 그가 한 말은 애매모호
했다.

당연히 건형으로서는 답답할 수밖에 없었다.

그때, 전화를 끊기 전 그가 마지막으로 한마디 힌트를 건넸
다.

[답답한 모양이군. 그럼 음, 이 말을 해 주지. 초인의 시대에
온 것을 환영하네.]

뚜우—

그리고 전화가 끊겼다.

건형이 입술을 깨물었다.

'초인의 시대라고?'

그는 분명히 초인의 시대라고 말했다.

그것이 무엇을 의미하는 건지는 알 수 없다.

그러나 방금 전까지 그가 한 말을 종합해서 유추해 보면 대략적인 답이 나온다.

동류를 만나서 즐겁다고 했고, 초인의 시대에 온 걸 환영한다고 했다.

이 세상에는 다양한 사람들이 있다.

개중에는 한 번 본 것을 바로 외워서 그림으로 그릴 수 있는 사람이 있는가 하면 어떤 물체를 허공에 띄울 수 있는 사람도 있다.

때로 사람들은 염력 같은 것을 마술로 치부하며 그런 건 불가능하다고 이야기하지만 실제로 염력을 부릴 수 있는 사람도 있다.

이 전화를 해 온 사내가 말한 초인이라는 건 어찌 보면 그런 사람을 이야기하는 것일지도 몰랐다. 그리고 그는 초인의 시대가 온다고 했고 그 시대에 온 걸 환영한다고 말했다.

아직 확실하진 않다.

그러나 지금 자신의 추측이 맞다면…….

자신 같은 능력자들의 시대가 왔다고 이야기하고 있는 것일 지도 몰랐다.

또, 그것이 사실이라면?

그것은 새로운 변화를 예고하는 거대한 폭풍이 될 가능성이 높았다.

그렇게 변화가 성큼성큼 발을 내디디며 가까이 다가오고 있었다.

〈다음 권에 계속〉